DEMASIADO CORAZÓN

DEMASIADO CORAZÓN

Pino Cacucci

Traducción de Laboratorio Trādūxit

Grijalbo

Demasiado corazón

Primera edición: abril, 2020

D. R. © 1999, Pino Cacucci
Publicado originalmente por Giangiacomo Feltrinelli Editore, Milán, Italia
Publicado bajo acuerdo con Walkabout Literary Agency

D. R. © 2020, derechos de edición mundiales en lengua castellana:
Penguin Random House Grupo Editorial, S. A. de C. V.
Blvd. Miguel de Cervantes Saavedra núm. 301, 1er piso,
colonia Granada, alcaldía Miguel Hidalgo, C. P. 11520,
Ciudad de México

www.megustaleer.mx

La presente traducción es fruto del trabajo colectivo del Laboratorio Trādūxit, laboratorio de traducción literaria colectiva del Instituto Italiano de Cultura de la Ciudad de México, coordinado por Barbara Bertoni y Tomás Serrano Coronado.

D. R. © 2020, de la traducción: Xunaaxi Barceló Monroy, Jesús Eduardo Colmenares García, Manuela D'Andrea, Karla Patricia Esparza Martínez, Nancy Espinosa de los Monteros Lizárraga, Claudia Isabel Flores Ramírez, Rafael Hernández Aguilar, Jorge Issa González, Brenda Mora Santana, Sharbel Pimentel Aldana, José Miguel Rentería Ortega, Araceli Rodríguez Sánchez, María Elena Ruiz Martínez, Marja Alcione Spencer Aguilar, Marco Tagliolini Villaseñor y Johanna Valeria Téllez Martínez.

Esta traducción fue posible gracias al apoyo del Instituto Italiano de Cultura de la Ciudad de México.

D. R. © 2020, Barbara Bertoni y Tomás Serrano Coronado, por la coordinación
D. R. © 2020, Flora Botton Burlá y Guillermina Cuevas Mesa, por la revisión

ISBN: 978-607-319-107-4

Impreso en México – *Printed in Mexico*

El papel utilizado para la impresión de este libro ha sido fabricado a partir de madera
procedente de bosques y plantaciones gestionadas con los más altos estándares ambientales,
garantizando una explotación de los recursos sostenible con el medio ambiente y beneficiosa para las personas.

Penguin
Random House
Grupo Editorial

a Gregorio
y a toda nuestra "banda"
que acampaba en los pasillos,
a pesar del tiempo y de los tiempos

La verdadera libertad de prensa consiste en decir a la gente lo que ella no quisiera oír.

GEORGE ORWELL

No está lejano el día en que tres banderas con barras y estrellas marquen, en tres zonas equidistantes, la extensión de nuestro territorio: la primera ondeará en el Polo Norte, la segunda en el canal de Panamá y la tercera en el Polo Sur. Todo el hemisferio nos pertenecerá de hecho, como, en virtud de nuestra superioridad racial, moralmente ya nos pertenece.

WILLIAM HOWARD TAFT
Presidente de Estados Unidos
(1908-1912)

Pasé treinta y tres años y cuatro meses en servicio activo como miembro de la fuerza militar más rápida de este país: el cuerpo de marines. Obtuve todos los grados, comenzando por el de teniente segundo hasta llegar a general de división. Y durante todo ese periodo pasé la mayoría del tiempo como pistolero de primera clase de los Grandes Intereses Económicos, de Wall Street y de los banqueros. En pocas palabras, fui pistolero del capitalismo… Así, por ejemplo, en 1914 ayudé a lograr que México, y en particular Tampico, fueran presa fácil de los intereses petroleros norteamericanos. Cooperé para que Haití y Cuba se volvieran zonas accesibles para la recaudación de ganancias por parte del National City Bank… De 1909 a 1912 ayudé a restablecer el orden en Nicaragua para favorecer al Banco Internacional Brown Brothers. En 1916 participé en el nacimiento de la República Dominicana en nombre de los intereses azucareros norteamericanos. En 1903 ayudé a "pacificar" Honduras en beneficio de las compañías bananeras norteamericanas …

SMEDLEY D. BUTLER
General de división

Cada mañana
estoy quebrado
y por las noches
me despierto
lágrimas en mi cara
abajo de la lluvia
Lonely with my pride
Holding in my pain
Demasiado corazón
Demasiado corazón…

Willy DeVille

EN EL MAR DE CORTÉS

La frontera se anunciaba con una hilera de ambulancias estacionadas en el acotamiento. Los conductores estaban recargados en los cofres; alguno fumaba o bebía de una lata, intercambiando algunas palabras con aire aburrido. Esperaban a los soldados para regresarlos a la base de San Diego, como todos los domingos por la mañana. Un poco antes del amanecer llegarían uno tras otro en taxis de Tijuana, a menudo tan borrachos que los aventaban al asfalto donde se quedarían, semiinconscientes, hasta que los enfermeros de las ambulancias los agarraban por los pies y los brazos y los tiraban sin demasiados miramientos a las camillas. Era la acostumbrada rutina de la noche del sábado al domingo. Bart Croce bajó la ventanilla y observó durante algunos instantes la hilera de ambulancias, en tanto que, delante de él, un enorme tráiler Kenworth se detenía en la caseta. Estaba recordando sus borracheras de muchos años atrás, prácticamente de otra vida, cuando era instructor justo en la base de San Diego, antes de... Lo distrajo un objeto luminoso que dibujaba extraños garabatos en la oscuridad. Era el guardia fronterizo que, agitando una especie de vara luminosa, le hacía señas de que continuara. "Parece el sable de La guerra de las galaxias", dijo Bart para sus adentros, sonriendo. Una sonrisa completamente interior, porque sus labios se habían mantenido inmutables en su habitual inexpresividad; un ligero corte perfectamente horizontal bajo la nariz. Tampoco los mexicanos quisieron verificar sus documentos. Era un elegante cincuentón a bordo de un Pontiac con placas de Los Ángeles, que no tenía más de seis meses: el *Bienvenidos a México** que destacaba por encima de las garitas parecía dirigido sobre todo a gente como él. Para una breve estancia no necesitaría visa de turista. Y la suya tenía que ser una estancia breve, lo más breve posible.

Manejando sin interrupción, aparte de dos paradas para llenar el tanque, calculaba llegar a Loreto antes del anochecer, a unos mil kilómetros por una carretera en su mayor parte recta y desierta. Metió la mano en el bolsillo, tomó el frasco, hizo volar la tapa con el pulgar, ingirió dos pastillas y pisó ligeramente el acelerador hasta que la aguja marcó ochenta kilómetros por hora. Vería el amanecer en Ensenada, pensó. "Qué asco", dijo para sí mismo, maldiciendo por lo amargo de las anfetaminas, por el odiado amanecer, por la llegada de otro día igual a tantos ya vistos y vividos. Igual a todos los días en que había matado a alguien.

Lázaro Alvarado bajó del autobús y tropezó con el costal de verduras que la mujer delante de él había puesto en el piso, mientras uno de sus tres hijos, que no aparentaba más de cinco años, trataba de hacerlo a un lado con mucho esfuerzo. La señora se disculpó; Lázaro sonrió haciendo un ademán como para decirle que no se preocupara y ayudó al niño a cargar el costal

---

* Nota de los traductores: se indican con asterisco y cursivas las palabras o frases que aparecen en español en el texto original.

hasta la salida de la Central Camionera. "Que Dios lo bendiga", le dijo la señora despidiéndose, y él le dio las gracias sinceramente, pensando: "No se imagina cuánto necesito una bendición…". El autobús de segunda no tenía aire acondicionado, de modo que no sintió demasiado el calor de Loreto. Venía de La Paz, donde había recogido los resultados de los últimos análisis. Durante todo el viaje había leído y releído los papeles que confirmaban sus sospechas y había tenido una sensación extraña y contrastante: euforia por haber logrado obtener las pruebas definitivas, y melancolía por todo lo que significaban. Rabia, odio, miedo, necesidad de venganza, todo perdía consistencia y se disolvía en una tristeza infinita. Como buen médico, había diagnosticado el síntoma: pérdida de la esperanza, nada más que esto. Y perderla a los treinta y dos años le parecía injusto, incluso desde un punto de vista biológico. Pero lo suyo no era fatalismo. "Fatalismo es lo que creen reconocer en nuestra cara los extranjeros que siguen sin entender nada acerca de nosotros", pensaba. Era un Don Quijote a mitad del vado: aún sin recobrar la cordura y no totalmente loco para exponerse en el momento en que se encontraba desprotegido, sin defensas, "entre la espada y la pared", como suele decirse. Era consciente de la situación: estaba improvisando, jugaba al azar esperando ganar alguna mano y luego… tal vez, con un poco de suerte, quizá podría prolongar la partida hasta hallarse en posición de asestar el golpe definitivo. Había decidido mandar hacer los análisis a La Paz en lugar de a Tijuana, una semana antes, cuando se había derrumbado la última esperanza: su director estaba del otro lado. Nunca había confiado demasiado en él, por suerte, y lo poco que le había revelado acabó directamente en manos de los *todopoderosos*[*]. Los llamaba así porque aún no entendía de quiénes se trataba, sólo sabía que eran omnipresentes. Disponían de recursos ilimitados, podían comprar a cualquiera. Y Lázaro, un día tras otro, se había convencido de estar rodeado, de no tener escapatoria. Pero en La Paz era un desconocido, y los laboratorios a los que había encargado los últimos análisis no podían sospechar qué buscaba realmente y, sobre todo, de dónde venía el material. A esas alturas le había impuesto a "Míster Jason" la cita en Loreto, pequeña ciudad apacible y poco poblada donde los extranjeros no pasaban inadvertidos. Muy distinta de Tijuana, con su alto promedio de homicidios y secuestros: allí, si arrastraban a alguien para subirlo a un auto, era difícil que algún testigo eventual intentara defenderlo o corriera a impedirlo. La gran ciudad fronteriza era un mundo aparte, paso de todo tipo de mercancías, y a México pertenecía únicamente en el mapa, porque en realidad constituía el refugio de los *todopoderosos**, los nuevos conquistadores, el acuario en el que innumerables "Míster Jason" nadaban tranquilamente.

Por fin vería cara a cara a "Míster Jason". Por teléfono parecía incluso cortés, afable. Pero había algo metálico, impersonal en su voz. La frialdad mal disimulada de una máquina que finge ser humana. A Lázaro le tomó unos segundos responder con frases completas. La sorpresa lo paralizó. Con esa llamada, en tono banal para quien la hubiera escuchado sin conocer el verdadero motivo, *ellos* habían demostrado a quien fuera que podían llegar dondequiera. *Ellos* sabían cómo se llamaba, dónde vivía y, sobre todo, sabían hasta dónde había llegado con sus suposiciones. Ahora ya no eran "suposiciones", y la llamada de Míster Jason lo confirmaba. El director le había pasado la bocina a su oficina privada diciendo sim-

16

plemente: "Un colega nuestro quiere hablar de negocios con usted, doctor Alvarado". Negocios. Sí, el término era apropiado. Acostumbrados a comprar y vender de todo y a todos, *ellos* le hacían una propuesta de negocios. Míster Jason hablaba en un español correcto y rico en vocabulario, el único detalle curioso era su acento, similar al de los centroamericanos, al de tantos salvadoreños o nicaragüenses que se hacinaban en Tijuana esperando el milagro nocturno de un *coyote** dispuesto a llevarlos al otro lado del Muro. Míster Jason no se expresaba en el español cantado y deforme de esos pocos gringos que se esforzaban en aprenderlo, con ese tonito inconfundible y ridículo, al menos para los oídos de cualquier mexicano. Y le había hablado tranquilamente de un acuerdo, de interés recíproco, de verdadera disposición para resolver el problema de un modo satisfactorio para ambas partes. Míster Jason parecía abogado. Las llamadas sucesivas las había recibido en casa. Es decir, en el microscópico departamento que rentaba desde hacía dos años, cuando aceptó el puesto de médico del Seguro Social en un barrio de las afueras de Tijuana. Míster Jason tenía prisa por concertar una cita. Pareció reacio a que se entrevistaran en Loreto, pero al final aceptó. "O sea que me voy a tomar algunos días de vacaciones para disfrutar el mar de la *Baja Sur*"*, concluyó el gringo, cordial como siempre, casi alegre, de no haber sido por aquel timbre metálico que a Lázaro le provocaba escalofríos hasta en los huesos. Míster Jason no era un gringo cualquiera: el solo hecho de que distinguiera entre la *Baja Norte** y la *Baja Sur** lo volvía singular. Y había hablado de vacaciones como un empleado al que hubieran enviado de comisión. Detalles que servían para tranquilizar al doctor Lázaro Alvarado.

Bart Croce eligió un hotel modesto, en un callejón a pocas cuadras de la plaza central. En el machote que le entregó el portero escribió el primer nombre que le pasó por la cabeza, una dirección inexistente en San Francisco y, donde decía "profesión" escribió, en letra de molde, *periodista**. El portero le hizo un guiño mientras decía:

—Ah, un periodista… ¿de nota roja? —y se echó a reír.

—No, por favor —respondió Bart, esforzándose por ser amable—. Escribo reportajes para revistas turísticas; eso es todo.

—Perfecto —añadió el otro—. Entonces le recomiendo que escriba maravillas de Loreto, que aquí no viene casi nadie.

—Ah, sí… todos van al sur, a Los Cabos, ¿verdad?

—Sí, y no saben de lo que se pierden —dijo el portero, guiñándole un ojo.

—Por eso vine —concluyó Bart, despidiéndose.

Se quedó una media hora en la habitación, lo necesario para darse un regaderazo, rasurarse y cambiar de ropa. El ventilador que colgaba del techo giraba siempre a la misma velocidad, pese a que en el control había seis opciones de "frescor". Bart salió sin cruzarse con el portero, que estaba dormitando frente al televisor encendido.

En el teléfono de la primera esquina marcó el número que había memorizado, y cuando contestó una voz ronca, simplemente dijo:

—Ya llegué. ¿Nos vemos ahí en un cuarto de hora?

El otro apenas tuvo tiempo de gruñir:

—De acuerdo… —porque Bart ya había colgado. Ambos habían hablado en español.

Llegó a pie a la lateral de la calle Fernando Jordán. El tipo apareció en el portón, echó un vistazo a ambos lados, divisó a Bart que caminaba por la otra acera y lo siguió. Era un hombre que rondaba los cuarenta, bronceado, con jeans, camisa amplia y sandalias, como gringo en vacaciones, medio muerto de hambre y sin grandes responsabilidades en la vida. Después de unos cien metros, lo alcanzó. No se miraron a la cara, se pusieron a hablar con la actitud del que mata el tiempo sin ningún interés en particular.

—¿La casa está limpia? —preguntó Bart.

—Sí, pero olvídate de usarla. Es una de tantas que la *administración* ha rentado en todos los rincones del país. Es una suerte, dado que en Loreto no tenemos intereses particulares. Pero lo siento, nada de extraños. Ya tendré que inventar algo creíble para justificar mi presencia aquí; imagínate si se dan cuenta de que se la presté a un *particular*…

Pareció que Bart se ponía tenso. Suspiró sacudiendo la cabeza.

—Estás complicando las cosas. Cuando me diste a entender que tenías una base, pensé…

—Por favor —lo interrumpió el otro—, ya hice mucho más de lo que debía. No lo olvides: yo trabajo para el gobierno.

Bart sonrió. Una mueca desdeñosa, nada alegre.

—Para el gobierno, ¿eh? ¿Quién diablos crees que es el *gobierno*?

—¡Uy, por Dios!… ¿Viniste hasta acá para sermonearme? —soltó el tipo, deteniéndose por un instante. Luego siguió caminando y, sonriendo ostentosamente, dijo—: Vamos, párale, sabes mejor que yo cómo están las cosas. No pongo en duda la importancia de tu trabajo, aunque no sé ni quiero saber cuál es. Probablemente tus jefes cuentan más que los míos. Pero tienen que respetarse ciertas formalidades. Nada ni nadie debe involucrar a la administración en asuntos que no le conciernen.

Alguna vez tú también estuviste en el grupo, así que no tengo que explicártelo: ahora trabajas para particulares, y punto.

—Está bien, está bien —lo interrumpió Bart—. Dime lo que tengas que decirme.

El tipo hizo un gesto de aprobación.

—Bueno: el doctorcito llegó por la tarde. Tomó la habitación 202 en el Hotel Ballena Gris, de suficiente baja calidad para poder entrar sin dificultades. Venía de La Paz. Uno de mis hombres lo siguió…

—¿Seguro que no sospecha nada?

—Tranquilo: no se dio cuenta de nada. En La Paz recogió los análisis y luego tomó un autobús a Loreto, nada más.

—Una complicación más —murmuró Bart, deteniéndose para dejar pasar un camión en el cruce con la calle de la Playa.

—En La Paz te pude ayudar fácilmente, y te garantizo que no vio a nadie, ni siquiera una llamada, nada.

—¿Y aquí? —preguntó Bart.

—Bueno, aquí tenemos a un oficial de la policía local al que le pasamos una sustanciosa cuota mensual. Le dije que se trataba de un narcomenudista, cosa de rutina, nomás un pez chico que hay que enganchar…

—Hiciste mal —replicó secamente Bart—. Corremos el riesgo de que metan las manos.

—De ninguna manera. Le expliqué que sólo tenía que vigilar dónde estaba y luego desentenderse de él. También le pagamos para que cierre los ojos, no sólo para que los mantenga abiertos.

—*Sobre todo* para que los cierre —añadió Bart con sarcasmo.

El tipo le devolvió una mirada de suficiencia y se despidió diciendo:

—Con ésta quedamos a mano, ¿de acuerdo?

Bart le puso una mano en el hombro, obligándolo a voltear. Por vez primera desde su encuentro, los dos hombres se hallaban cara a cara.

—Tú y yo, querido Damon, nunca estaremos *a mano* —le dijo Bart.

El otro se liberó de la presión, demostrando que no le había agradado oírlo pronunciar su verdadero nombre, y se alejó.

Bart Croce se metió una pastilla en la boca, la tragó y siguió caminando tranquilo. La brisa se estaba transformando en violentas ráfagas de viento que sacudían los letreros de las cafeterías y las copas de las palmeras. Miró a lo lejos las blancas crestas de las olas: tal vez, muy lejos, se estaba desencadenando una tormenta, imprevisible como siempre, en el Mar de Cortés.

Lázaro Alvarado se detuvo a hablar algunos minutos con la dueña del Ballena Gris, luego salió del hotel apretando bajo el brazo su cartera café imitación piel. La cita era en el jardín del *zócalo** de Loreto. Dio una vuelta alrededor del quiosco de hierro forjado, lamentó que no hubiera alguna festividad con el consecuente gentío, constató que no había más de cinco personas en los alrededores y se sentó en una banca frente al palacio municipal, en el cual destacaba el letrero *Loreto, capital histórica de las Californias**. Si alguna vez había ostentado la magnificencia de una capital, la ciudad la había olvidado hacía tiempo. "En cuanto a la 'historia' de las Californias", pensaba Lázaro, "era un milagro que los gringos no se hubieran apropiado también de aquel pedazo de desierto en el mar. Donde finalmente, en realidad, de todos modos se comportaban como dueños…"

Bart Croce llegó con diez minutos de retraso. Un retraso intencional. Había seguido al doctor hasta el hotel para cerciorarse de que estaba de veras solo. Se sentó en la banca sin hacer ruido y Lázaro sólo notó su presencia cuando lo encontró a su lado, ocupado en admirar la fachada blanca del edificio colonial, en posición relajada, como si estuviera disfrutando del sol.

—Es un placer conocerlo, doctor Lázaro Alvarado —dijo en español sin voltear a mirarlo.

—Míster Jason… —respondió Lázaro, sin decidir si ofrecerle la mano. El otro no se movió. El doctor lo examinó durante algunos segundos: tenía aspecto de latino, podía ser un *cara de nopal**, como se les llama sarcásticamente a los mexicanos emigrados que pretenden hacerse pasar por gringos. O quizás un europeo del sur, español o griego, tal vez italiano…

—¿Trae el material? —preguntó Míster Jason.

—Claro. ¿Quiere que liquidemos todo en este momento?

—No, caminemos un poco.

Andando en silencio, Bart dio vuelta en Rosendo Robles e hizo como si se encaminara al restaurante que había elegido, a un sitio en la terraza del primer piso de una callecita lateral. En ese momento dijo:

—Es hora de comer. ¿Usted no tiene hambre?

Lázaro asintió. Se sentía aliviado. Si le hubiera propuesto ir en coche a un lugar apartado, se habría negado.

Míster Jason se dirigió a una mesa cercana a la escalera de acceso. En la terraza, debajo de una *palapa**, había una media docena de mesas ocupadas en su mayoría por mexicanos y una sola pareja de turistas ancianos, probablemente europeos.

Ordenaron una Pacífico escarchada y filete a las brasas.

—Con todo gusto hubiera probado una especialidad local —se disculpó Míster Jason—, pero ando malo del estómago. ¿Sabe?, ya no tengo edad para este tipo de vida…

—¿Y qué tipo de vida lleva, Míster Jason? —replicó de inmediato Lázaro, que había asumido una actitud que casi rozaba la arrogancia, obligándose a no mostrar ningún complejo de inferioridad frente al gringo.

Míster Jason esbozó una sonrisa mirándolo fijamente a los ojos.

—No creo que usted tenga tiempo ni ganas de que se lo cuente. De cualquier modo, mi vida actual es de lo más banal que se pueda imaginar. Soy un funcionario… itinerante. Me desplazo siempre que hay que resolver algún problemita para la empresa, eso es todo. Pero empiezo a cansarme de devorar kilómetros, dormir en hoteles, comer donde caiga…

—Ya veo —dijo Lázaro en tono ligeramente irónico—. Y respecto al… *problemita* que yo represento, ¿qué instrucciones le dio su empresa?

Llegaron las cervezas. Míster Jason levantó la suya brindando con el joven doctor. Bebió un largo trago de la botella, puso cara de satisfacción y dijo:

—Usted ya no representa un problema, doctor Alvarado. Si he venido aquí, es porque aceptó un pacto. Usted tiene algo que vender y nosotros se lo compramos, y punto.

—Claro, pero… en su compañía, ¿a nadie le pasó por la cabeza que había que hallar la manera de eliminar la… *fuente*, llamémosla así, de todo el asunto?

La cara de Bart se convirtió en un bloque de piedra lisa. Su mirada era tan neutra, fría, de víbora de cascabel, que Lázaro se arrepintió de haber dicho aquella frase.

—Doctor, escúcheme bien. Si la compañía para la que trabajo pudiera asumir la carga de reconstruir esas casas en otra parte, demoliendo la "fuente" del asunto, como dice usted, y afrontando en consecuencia una serie de complicaciones que dañarían enormemente su imagen internacional… en tal caso, no veo por qué hubiera venido a comprarle esos documentos. Y sobre todo a comprar su futuro, doctor Alvarado. A pagarle una vida nueva donde se le dé su regalada gana, quizás en Los Ángeles, o en Chicago, o en Nueva York, y no una de emigrante muerto de hambre, sino de turista rico y despreocupado, o incluso de residente, porque con esto —y se levantó la camisa mostrando un cinturón de fibra acrílica con divisiones— usted podrá conseguir hasta la tarjeta verde y todo lo que se le antoje.

Llegaron los filetes. A Lázaro se le había pasado todo rastro de apetito. Míster Jason se puso a engullir pedazos de carne con absoluta calma e indiferencia. En una pausa, luego de tomarse otra cerveza, dijo:

—Doctor, usted y yo no podemos hacer nada al respecto. El mundo marcha como quiere o como debe, esa gente tuvo mala suerte, eso es todo. Nacer es una lotería: muy pocos se encuentran en el lugar adecuado, el resto… más que desafortunados, simplemente se quedaron fuera de los primeros premios, y eso es lo que le sucede a la mayoría de los habitantes del planeta.

—Pero esos desgraciados al menos tuvieron un premio de consolación: pobres pero no desahuciados. Y ustedes los condenan a estirar la pata en el peor de los modos. Son reyes Midas al revés: todo lo que tocan se vuelve inmundo. Han transformado Tijuana en una cloaca, Míster Jason. Y usted no puede decir que es ajeno a todo eso, dado el motivo que nos tiene aquí.

Bart tragó el último bocado de carne, se terminó la cerveza y dijo en tono indiferente:

—Nosotros ¿quiénes? ¿A quiénes se refiere con "ustedes"? La empresa para la que trabajo no podía prever que alguien iba a usar aquel material para construir… bueno, es inútil entrar en detalles, todos sabemos cómo ocurrieron las cosas, y dado que ya nadie puede hacer nada, dejemos que el tiempo se encargue de eliminar el problema.

—*Mucho* tiempo, Míster Jason, se necesitará mucho tiempo. Tal vez no baste el próximo siglo.

—¿Y eso qué? En suma, doctor Alvarado: ¿me ha hecho venir hasta acá para arreglar la cuestión amigablemente o… quizás está regateando?

Lázaro hizo un ademán como para restarle importancia:

—No es para tanto… Sólo fue un pequeño arrebato de vacuo nacionalismo a la mexicana, como dicen los periódicos de ustedes. En lo que a mí concierne, la discusión está concluida. Es más, si quiere pasarme eso que le pesa en la barriga…

Bart metió una mano bajo la camisa, sacó algunos billetes y los deslizó bajo la servilleta de Lázaro diciendo:

—Obviamente no puedo desabrocharme este arnés aquí delante de todos… ahí tiene, nomás échele un ojo a la calidad de la mercancía.

Lázaro tomó los tres billetes de cien dólares y los observó atentamente apoyando las manos en las piernas.

—Como puede comprobar, están usados, los números de serie no son progresivos y, sobre todo, no son falsos.

Lázaro seguía frotando los dólares como hipnotizado. Estaba pensando en la arrogancia con la que Míster Jason, su "empresa" y los gringos en general siempre creen que pueden comprarlo todo y a todos. Tenía que cobrársela, no podía terminar así…

Alzó los ojos y encontró los de Míster Jason: lo miraba fijamente con expresión de triunfo mezclado con desprecio, la cara de quien acostumbra tratar a los seres humanos como insectos que hay que aplastar.

—¿Qué tanto ve, Míster Jason?

Bart Croce movió lentamente la cabeza.

—Oh, nada… Es que… por un momento pensé que usted era… cómo decirlo, un idealista.

El médico lo escrutó largamente, tratando de retomar el control. Cuando lo logró, dijo:

—¿Alguna vez oyó hablar del general Álvaro Obregón?

—Sí… ¿No es aquel que perdió un brazo en una batalla contra Pancho Villa? Los libros de historia me relajan, ¿sabe?, los leo antes de dormir. Y los de historia de México son un divertido rompecabezas.

Durante una fracción de segundo, en los ojos del médico brilló un destello de furor.

—Un divertido rompecabezas… —repitió Lázaro. Luego recuperó la actitud que se había impuesto desde el principio—. Bueno, tal vez conozca la frase más célebre del general Obregón cuando ya era presidente: no hay general mexicano que pueda resistir un cañonazo de un millón de pesos.

—Perdone, pero ¿no dijo: un cañonazo de mil pesos?

—Hay inflación, como bien sabe.

—Además, usted no es general…

—Precisamente. Si se puede corromper a los generales, imagínese a los médicos del Seguro Social… De todos modos, a Obregón se le recuerda como el presidente menos corrupto. ¿Y sabe por qué?

—¿Acaso tendrá que ver con el brazo?

—¡Ah!, pero entonces ya se la sabe… Sí, era el menos corrupto porque con un brazo sólo pudo robar la mitad que los otros.

Míster Jason dejó escapar una risita silenciosa, por mera cortesía. Lázaro se puso serio y dijo, en voz muy baja:

—Siempre la misma historia: ustedes se dan el lujo de fijar el precio y nosotros nos vendemos. Así que, Míster Jason: ¿quiere que le entregue finalmente los resultados de mis largas, profundas y arduas investigaciones?

Lázaro levantó la cartera. El gringo con cara de latino asintió lentamente, para luego decir casi sin mover los labios:

—Aquí no, obviamente. Espéreme en el baño. No es por sus documentos, sino para poder quitarme este cinturón sin llamar la atención.

En ese momento llegó el mesero a recoger platos y botellas. Bart alargó una mano y tomó la de Lázaro fingiendo acariciarla con excesiva confianza. Lázaro retrajo la suya sorprendido y molesto. El gesto fue suficiente como para hacerle pensar al mesero que estaba ante el clásico gringo entrado en años que viene a México a buscarse un amiguito más joven. "Es lo que le diría más tarde a quienquiera que se lo preguntara", pensó Bart.

Lázaro se levantó, llevando consigo la desgastada cartera de imitación piel.

Mientras se miraba en el espejo, pensaba: "Dios, ¿podré llegar hasta el final? Ese dinero también me servirá para esto... Sin ese dinero no llegaría a ninguna parte...".

Vio el reflejo del rostro de Míster Jason, pero no tuvo tiempo de voltear. Bart le agarró un brazo y se lo torció por detrás de la espalda, obligándolo a doblarse hacia adelante. Con la otra mano, le estrelló súbitamente la frente contra el borde del lavabo. El golpe lo aturdió, lo suficiente para dejarlo sin fuerza. Tendido en el piso, Lázaro murmuraba algo, no exactamente una queja, más bien un conato de insulto, pero no acertaba a articular palabra alguna. Bart sacó del bolsillo de la camisa la jeringa

27

que había preparado una hora antes, en el mismo baño del restaurante, cuando fue a hacer un reconocimiento del lugar. De un bolsillo del pantalón extrajo el torniquete. Lo ató al brazo del joven doctor. Dio un par de golpecitos en la vena haciendo que se hinchara suficientemente. Luego inyectó la heroína inmovilizándolo con una rodilla hincada en el pecho y la otra sobre la muñeca. Lázaro estaba a punto de volver en sí, y mientras la ráfaga de fuego le recorría las arterias, antes de que le envolviera el cerebro, tuvo una fracción de segundo para pensar: "En una de ésas logro chingarte, *pinche gringo**, en una de ésas…".

Bart rentó una habitación en el Ballena Gris diciendo que lo necesitaba solamente por un par de horas, tiempo para un breve descanso antes de retomar el camino hacia Cabo San Lucas. En Loreto era normal: la gente se detenía para hacer una pausa, casi nunca se quedaba. Entró sin problemas al cuarto de Lázaro y no le llevó mucho registrarlo: el mobiliario era escaso, por decir lo menos, el piso no presentaba losetas levantadas, el espejo del baño estaba empotrado en la pared. Palpó la cortina de plástico y halló la bolsa en el dobladillo descosido. La miró con la luz que se filtraba por la ventana entreabierta: contenía un trozo de varilla, de las que se usan en la construcción, y algunos fragmentos de cemento mezclado con arena oscura y minúsculas piedras. Se quedó atónito. Hijo de perra, pensó, ha de haber usado un pico y una sierra: un largo trabajo… Ese imbécil de Damon decía que no había que preocuparse. Pero si hasta excavó en las paredes, ¡maldita sea!, quién sabe cuántos se habrán dado cuenta… No, en tal caso, algún periódico local ya estaría al tanto, y no habían recibido informaciones de ese tipo. En la bolsa transparente había una etiqueta adhesiva con los datos del laboratorio y el nombre de Lázaro Alvarado. En cuanto a lo demás, el doctor del *Seguro Social* de Tijuana no había conservado nada comprometedor, todos los documentos estaban en su cartera, incluyendo los resultados de los análisis efectuados al trozo de fierro oxidado y a la muestra de cemento. Bart Croce se quedó una hora más en el hotel para leer los papeles. Tuvo que admitir que el doctorcito había hecho una labor estupenda, mucho más allá de las expectativas. Estaba casi todo lo relativo al condominio, la casuística de las perturbaciones desde los primeros síntomas hasta la serie de decesos, con declaraciones de enfermos y familiares, testimonios de enfermeros y doctores… Pero no había referencias a las relaciones de causa y efecto, por lo cual era de esperar que hubiera sido de veras el único en sacar las conclusiones. Desde luego, faltaban las pruebas del involucramiento directo de su "compañía", pero las conjeturas del doctor se acercaban peligrosamente a la realidad, si bien aún no había reconstruido las fases del traslado de los "materiales" a este lado de la frontera…

Faltaba poco para el atardecer cuando tomó la México 1 en dirección al norte. Llegó a Santa Rosalía ya entrada la noche. No conseguía mantener los ojos abiertos. La tentación de hacer una parada para dormir era muy fuerte… Pero sabía lo que le esperaba, en caso de ceder. Dormir era un lujo que sólo podía darse en una de sus casas, en San Diego o, mejor aún, en Long Beach, donde la terraza con vista al mar y la playa lo ayudaban a reponerse de los bruscos despertares. Enfrentar sus demonios en un cuarto de hotel en un lugar perdido de Baja era lo peor que podía sucederle. Tragó otra pastilla y pisó el acelerador. La carretera apuntaba hacia adentro, en dirección a la orilla opuesta de la larga península. En San Ignacio llenó el tanque; luego, en el desierto de El Vizcaíno, se detuvo para tirar el contenido de la bolsa de plástico. No oyó ningún ruido. La arena era un guardián tan silencioso como el agua del océano.

A la muerte del doctor Lázaro Alvarado le dieron carpetazo de prisa: *sobredosis de heroína**. Los del restaurante lo encontraron con el torniquete y la jeringa todavía en la vena. El moretón en la frente de seguro se lo había causado al perder el sentido inmediatamente después de aplicarse la inyección, golpeándose en el borde del lavabo. Un mesero les contó a los policías de un gringo de unos cincuenta años, probablemente un *maricón** que enganchó al joven mexicano, enfatizando la actitud bastante "afectuosa", que luego había desaparecido dejando el dinero sobre la mesa: quizá ni siquiera se había dado cuenta de lo que pasaba en el baño. La policía recogió las pocas pertenencias de Lázaro que había en el cuarto del Ballena Gris. La señora Ofelia Gallardo Jiménez, propietaria del modesto hotel, no declaró nada especial: el joven había llegado la noche anterior, no había recibido visitas ni usado el teléfono. A ella le pareció un hombre de bien; era todo.

Doña Ofelia, con tantos años de experiencia como dueña de un hotel, había aprendido a no meterse en ciertas cosas. Aquel pobrecillo le había pedido un favor, antes de salir para ya no volver: mandar un sobre a una dirección de la Ciudad de México. Le dejó dinero para el envío certificado y una buena propina. Pobrecito, parecía tan buen muchacho, con cara limpia y sonrisa ingenua… Todo por culpa del *vicio**, que estaba destruyendo a la juventud. Y de cualquier manera, si la droga era un mal, la policía no era el remedio. Doña Ofelia ya había enviado aquel sobre. Y no veía motivo para decírselo a los dos agentes que fueron a inspeccionar su honorable hotel La Ballena Gris.

LOS NIÑOS BAJO EL ASFALTO

El italiano que bajó en la estación del metro Terminal del Norte se llamaba Leandro Ragusa, aparentaba unos cuarenta años mal vividos, vestía una vieja camisa desteñida y unos jeans bastante sucios. La mochila militar, mugrosa y gastada, contenía una pequeña videocámara Sony 2000 con varios casetes Hi-Band y baterías de repuesto. Pasó frente al inmenso ventanal de la Central Camionera, de donde salían los autobuses desde el norte del D.F. hasta la frontera con Texas, Nuevo México y Arizona. En el aire impregnado de humo flotaba un murmullo sombrío y constante, sofocado de vez en vez por el rugido del acelerar de los motores, mientras un flujo incesante de autobuses se agolpaba hacia la inmensa avenida de los Cien Metros. Leandro Ragusa rebasó a varios grupos de policías que patrullaban la entrada de la Central y se dirigió decidido hacia el mostrador de Herradura de Plata. Ahí encontró a su "contacto": un muchacho de unos quince años, con el rostro demacrado y la mirada digna de un veterano de quién sabe cuántas batallas. Cargaba en la espalda bultos amarrados con un lazo casi del doble de su estatura y los llevaba del mostrador al sitio de taxis. El italiano esperó a que el muchacho terminara su trabajo. Cuando regresó, sudando y jadeando, echó una rápida mirada a su alrededor y levantó la mano abierta: Leandro hizo lo mismo y chocaron las palmas para después apretarse los pulgares como *viejos cuates**, aunque no lo fueran para nada, y el modo en el que se miraron a los ojos era el de dos desconocidos estudiándose para ver hasta dónde podían confiar el uno en el otro. Un momento después Leandro sacó del bolsillo de los jeans un fajo de billetes. El otro los tomó y los ocultó bajo la camiseta agujerada donde se leía: "El Tri-Hasta que el cuerpo aguante". Leandro miraba la camiseta como si ya la estuviera filmando, mientras se preguntaba hasta cuándo aquel cuerpo desnutrido y nervioso podría *aguantar** esa vida tan desdichada.

—Vamos —dijo el muchacho con un gesto.

—Espérate, Joel… ¿estás seguro de que no me van a jugar chueco? ¿Puedo estar tranquilo?

Joel le dirigió otra de sus miradas penetrantes y espetó:

—Aquí estoy yo, ¿no? ¿De qué te preocupas? ¡Ándale, vámonos!

Los dos atravesaron el carril norte de la avenida de los Cien Metros: Joel se deslizó con seguridad entre los bólidos, mientras Leandro apenas alcanzó a esquivar por unos centímetros un taxi desde el que resonaron coloridos insultos.

El camellón era bastante ancho como para formar un campo reseco y desolado donde los múltiples intentos por plantar árboles habían dejado entes raquíticos y lunares. Un grupo de muchachos, de ambos sexos, se acercaron a Joel con la actitud de quien olfatea el aire para detectar algún peligro. Eran una media docena, el más joven podía tener unos siete años, la mayor parecía una mujer de treinta pero no pasaba de los dieciséis. Joel intercambió con ella unas pocas frases a media voz, entre dientes, y le pasó una parte del dinero que acababa de recibir; ella miró a Leandro de arriba abajo, asintió y todos se voltearon, dirigiéndose hacia el centro del camellón. Leandro empuñó la videocámara y le preguntó a Joel:

—¿Puedo empezar?

El muchacho se encogió de hombros.

—Claro. No hay problema. Haz lo que tengas que hacer.

Leandro levantó la Sony, y volvió a observar el mundo a través de un objetivo.

Ponle rec y vamos. Acerca piernas: flacas, sucias, caminan veloces, detalle de los tenis desechos… plano subjetivo sobre el terreno… regresa a las piernas… abre… grupo de niños de las coladeras[*] *de espaldas… tráfico alrededor… abre aún más… panorámica de la Central Camionera desde el otro lado, coches y autobuses que corren veloces… regresa a los niños… acerca…*

Habían llegado a un bloque de cemento que sobresalía unos diez centímetros del suelo con un agujero cuadrado: la entrada de una *coladera*[*]. Leandro seguía grabando. La muchacha bajó primero seguida por los demás. Joel se quedó afuera. Leandro lo miró y le preguntó:

—¿Y tú no vienes?

Joel tapó la lente con la mano abierta.

—Quítame esa madre, yo no tengo nada que ver. Ándale, yo te sigo. Tranquilo, amigo, no pasa nada. Te lo aseguro.

Leandro se sintió tranquilo, *ahora*. Como siempre que estaba detrás de una videocámara. Había un aparato electrónico con un ojo omnipotente entre el mundo y él: nada podía pasar estando ahí detrás. Pero aunque la Sony 2000 no fuera un aparato caro, para esos niños representaba meses enteros de supervivencia.

A la chingada, vamos. Plano subjetivo sobre el descenso al infierno… Puta madre, esto sí que es el verdadero infierno… Luz, sombra, penumbra… Un cuarto cuadrado, de unos tres metros por tres… Panorámica vertical, acerca al catre en el rincón… niña recostada, se levanta… detalle del rostro… primer plano, primerísimo… ojos. Mirada perdida. Me observa. Abre…

—¿Tú cómo te llamas?

La chica más grande permanece inmóvil frente a la videocámara. Con voz apagada dice:

—Guadalupe, pero me dicen Lupita

Primer plano del rostro. Triste. Dulce, a pesar de todo. Pero también duro, desesperado. Pues ¿qué te esperabas, pendejo? Abre… cuerpo entero, manos que juegan con el borde de la playera…

—¿Cuántos años tienes y desde cuándo vives aquí?

—Tengo casi dieciséis, y vivo en las *coladeras** desde hace… no sé… tres o cuatro años.

Mueca. Por un momento vuelve a ser niña. Ahora se endurece otra vez, muy seria. Paneo hacia los demás, dos segundos sobre cada rostro… detalles de paredes: huacales con latas de comida, acerca… frasco, botella de plástico, ropa doblada… regresa a Lupita…

—¿De dónde eres?

—De aquí. O sea de Neza.

Se escuchó una especie de maullido. Después, el gemido de un bebé se volvió evidente, agudo. Lupita se dirigió al rincón, y de una caja de cartón rellena con algodón y lana tomó en brazos a un recién nacido. Leandro grabó la escena y reanudó la conversación con ella. La presencia del pequeño, de su hijo, ayudó a diluir la desconfianza y la vergüenza; así Lupita empezó a contarle.

Jamás conoció a su madre, o al menos no la recordaba, porque a los dos o tres años la encargaron con una mujer que tenía varios hijos, vivían en una casucha, la comida no alcanzaba nunca para todos, y antes de cumplir ocho años Lupita empezó a vivir en la calle. A los trece la violaron dos soldados. A los quince, un taxista. Ahora andaba con Chucho, el jefe de la banda. Se hacían llamar Los Ponis, eran unos cuarenta y ocupaban tres o cuatro *coladeras** bajo la avenida de los Cien Metros. Lupita dio a luz ahí mismo, con la ayuda de una señora que llevó Chucho. La comunidad de los niños bajo el asfalto se encargaba de brindar lo necesario a quien se enfermaba o a quien como Lupita, después del parto, se veía obligado a permanecer en la *coladera** por algunos días. Trabajaban como cargadores, lavaban parabrisas, vendían chicles, pedían limosna o comida a los pequeños comerciantes de la Central. De noche montaban guardia por turnos, no sólo para mantener a raya a las ratas, sino porque siempre existía el peligro de que alguien prendiera fuego a su búnker de cemento. El enemigo tenía nombre: Los Caninos. Pero no era una banda rival. Vestían uniforme como si fueran policías, pero eran guardias privados de una compañía que garantizaba la "seguridad" de la Central Camionera. Los Caninos golpeaban sin motivo alguno, quebraban huesos con sus garrotes pintados de negro, destruían las pocas pertenencias de los *niños de las coladeras**, incluso la policía, la verdadera, había empezado una investigación. Pero no habían arrestado a nadie, y Los Caninos seguían apaleándolos impunemente.

Los muchachos regresaban como a las siete de la noche, dentro de cada *coladera** se prendía una vela y todos platicaban de los pormenores del día y discutían sobre lo que había que hacer.

Un muchacho de unos nueve o diez años entró por la boca cuadrada tambaleándose, ayudado inmediatamente por algunos compañeros. Se recostó en un catre, estaba lívido y tenía la mirada de un sonámbulo. Leandro preguntó si todos allí usaban solventes o pegamento, más comúnmente *cemento, activo, carbona**. Lupita dijo que Chepito, el recién llegado, era de los más *adictos**, se pasoneaba demasiado y a veces vomitaba verde o azul; de seguir así se iba a morir muy pronto, habían intentado hacerlo "entrar en razón" sin resultado. Los demás no, o sea, a cualquiera le podía pasar que buscara alivio anestesiándose un par de horas con solventes, o con *mota** si había dinero, pero era más bien algo ocasional, dependía de si el día había sido malo o menos malo. Leandro le hizo algunas preguntas sobre lo que más deseaba, sobre sus recuerdos más alegres y los más tristes. Lupita respondió: "Me gustaría volver a encontrar a mi mamá, dejar la calle, tener una casa para mí, para Chucho y el niño, casarme con un vestido largo y blanco, el recuerdo más triste es el de la primera vez que me violaron, el más alegre… no me acuerdo".

Estaba ahí nomás, colgado del tubo del vagón, pero sólo con la mano izquierda porque la derecha siempre se apoyaba en la mochila, protegiendo la Sony y el material recién filmado. Era como si su mirada se hubiera quedado en *rec*: seguía filmando la realidad sin cámara, un encuadre tras otro, cuidando incluso los cortes de luz. Primeros planos de rostros cansados, sonrisas amables, miradas perdidas, estaciones del Metro que se suceden: Tlatelolco, Guerrero, Hidalgo, Juárez, Balderas, Niños Héroes… Y a *los niños de las coladeras**, ¿cuándo les dedicarán una parada? Veía otra vez sus rostros superpuestos a las caras del presente. Tenía que desconectarse pero no lo lograba. ¿Cuánto espacio en la memoria le quedaba a la batería de su cerebro? ¿Cuántas imágenes podía contener una cabeza sin entrar en corto circuito, atascándose hasta fundirlas todas juntas…?

Están todas ahí, en cientos, miles de minutos, millones de segundos, imágenes que vagan, que se difuminan, que regresan de repente invadiendo mis ojos… Tengo millones y millones de células grabadas con imágenes de otros. Y ahora… ¿cómo puedo usar el material más reciente sin perjudicar lo que amo? En este país siempre he notado un gran respeto por los niños, una verdadera veneración… Pero existe también el que anda por ahí violando niñas como Lupita, existe al que le vale cómo viven, hay quien los quemaría vivos… No es culpa de México. Entonces, ¿los mexicanos son inocentes? No, claro que no. Algunos, muchos, y muchos otros no. Pero no es culpa de México… Cuando vine aquí la primera vez no pasaba nada de esto. ¿Por qué empezó a pasar aquí también? En aquel entonces no existían Los Caninos, no existían justicieros "privados"… Tal vez tampoco había justicia, pero era diferente. Hoy dicen que las cosas no iban bien con el populismo. Pero como están ahora, todo tiempo pasado fue mejor… ¿Y cómo haces para no regarla con este pinche trabajo? "Filmar es sufrimiento, el sufrimiento de recrear virtualmente la realidad"… Pero esos niños viven realmente en los desagües, y mostrarlos en alguna televisión del mundo que no entiende, que no puede entender, significaría mostrar una sola realidad y esconder el resto. ¿Bastará la voz en off para explicar que México no se merece esto, que México, después de todo, es diferente…? No, no bastará. ¿Qué chingados hago con lo que grabé hoy?

Sus ojos captaron el letrero ETIOPÍA. Bajó apresuradamente. Afuera, el sol había desaparecido bajo un cúmulo de negros nubarrones. Estaba a punto de llover. Ahora estaba lloviendo todos los meses del año en la Ciudad de México. La temporada seca ya no existía. Casi.

Caminó hasta Adolfo Prieto. La señora Guillermina, la de la planta baja, lo saludó con su habitual sonrisa maternal.

—*¿Cómo le ha ido, Leandro?**

—*Bien bien, señora…**

Sin embargo ese día nada había ido nada bien, pero esta vez no iba a quedarse a platicar con la amable septuagenaria, tenía ganas de resguardarse en su refugio de azotea, entre el enmarañado caos de su único cuarto retacado de aparatos capaces de causar daño, montones de cinta magnética, papeles y papeluchos, libros y películas, botellas casi vacías, ni una llena, y la azotea, por fortuna, desde donde mirar el cielo sobre el Monstruo, el *Monstruo Querido**, esa megalópolis a la que ya no podía renunciar.

—¿Me acompaña a comer, Leandro?

—No, gracias, señora… Ya comí. Prefiero ver de una vez lo que acabo de grabar, ya sabe…

Doña Guillermina asintió, entrecerrando los ojos.

—Como usted diga. Si le da hambre, avíseme sin pena: una pieza de *guajolote en mole poblano** lo espera cuando quiera.

Leandro le agradeció y se dirigió a la escalera interior.

—Ah, un momento, Leandro… le llegó esto —exclamó la señora, tomando un sobre de la mesa.

No tenía remitente. Leandro alcanzó a descifrar el sello: parecía que venía de Baja California. "¡Por Dios!", pensó, "¿a poco es de Lázaro? ¡Hace cuánto que no sé nada de él…!" Pero no, Lázaro nunca le había escrito, si acaso lo llamaba por teléfono. Empezó a abrir el sobre mientras subía las escaleras.

En efecto, era de Lázaro. Pero escribía desde Loreto, no desde Tijuana. Y decía cosas muy raras.

VIDA Y OBRA DE BART "CARA DE LATINO" CROCE

La "cara de latino" la había heredado de sus abuelos italianos y su madre de origen puertorriqueño. Y una vez que obtuvo el grado de cabo de los marines, Bartholomew Croce fue enviado a Fort Gulick, Panamá, para agarrar callo en la tristemente célebre Escuela de las Américas, de donde salían los oficiales latinoamericanos destinados a tomar las riendas de la "lucha contra los subversivos" en sus respectivos países: una banda de gorilas fieles a los intereses de Washington, cuyo único complejo era no haber tenido la suerte de nacer al norte del río Bravo. En sus tiempos, Roosevelt los definió de este modo: "Son unos hijos de puta, pero son *nuestros* hijos de puta". Robert McNamara, mientras hablaba de la Escuela de las Américas, había sido menos explícito y más diplomático: "Son los líderes del futuro".

En 1965, Bart, con grado de sargento, enfrentó su bautismo de fuego. En Santo Domingo, la población se rebeló contra los militares que, dos años antes, habían depuesto al presidente progresista Juan Bosch, y de la embajada estadounidense llegaban comunicaciones en las que se describía a los rebeldes como "escoria comunista y bandas de delincuentes". Lyndon Johnson declaró: "No toleraremos otra Cuba en el Caribe". Inmediatamente después, los marines se fueron cantando himnos patrióticos. El sargento Bart Croce había temido que su primera acción en el campo fuera una simple operación de policía, pero una vez que desembarcó se dio cuenta de que los insurrectos dominicanos representaban una excelente prueba para sus ansias de combate. Se necesitaron aproximadamente ciento treinta y dos días y otras tantas noches para reducirlos a la impotencia, además de cuatro meses de bombardeos por cielo y mar, combates casa por casa, luchas cuerpo a cuerpo en todas las calles, cateos, fusilamientos sumarios, y al final, en el cúmulo de escombros y fosas comunes, los marines restauraron el *American Way of Life*.

Cuando regresó a Estados Unidos, Bart no disfrutó el descanso del guerrero. En la Coronado Amphibious Base de San Diego se dio cuenta de que era mucho más ambicioso de lo que pensaba el día que se enroló. Una vez que obtuvo el grado de teniente, además de una serie de encomios y promociones por sus méritos concernientes al uso de las armas y su capacidad de supervivencia en condiciones prohibitivas, en 1970 lo destinaron a una base militar en Guatemala. La guerrilla en el país centroamericano se volvía cada vez más amenazante y la casta de militares en el poder desde 1963, gracias al apoyo de la administración Kennedy, demostraba mucha determinación pero poca eficacia: cuantos más pueblos arrasaban, tanto más aumentaban los subversivos. En Guatemala, Bart se había distinguido especialmente en las llamadas "técnicas de interrogatorio". Y no obstante su inicial asombro al ver cuán capaces eran de resistir aquellos inditos desnutridos, de todas maneras obtuvo resultados dignos de admirarse. Así que en 1973, algún general puso su nombre entre los oficiales que mandarían a Santiago de Chile para echarle una manita al golpe militar que encabezaba Augusto Pinochet. De su hoja de servicio sólo lamentaba no haber participado de algún modo en la eliminación de Ernesto "Che" Guevara. Se consolaba pensando que ni siquiera el mejor de los marines puede contar con el don de la ubicuidad: el trabajo que se llevó a cabo en Guatemala era igual de importante al que se realizó en Bolivia. Cuando regresó a Panamá para enseñar las "técnicas de interrogatorio" y otras finuras a los "líderes del futuro" argentinos, chilenos, paraguayos, brasileños y demás, subiendo geográficamente hasta Centroamérica, el capitán Bart Croce, aunque orgulloso de su fulminante carrera, muy pronto empezó a detestar la vida de cuartel, echando de menos los buenos tiempos en Santo Domingo. Al final, en 1977, llegó la anhelada orden de prepararse para partir: destino Managua, Nicaragua. El dictador Somoza, el último de una estirpe que inició el general de la Guardia Nacional que había mandado asesinar a traición a Augusto Sandino, pedía ayuda para aplastar la creciente oposición en armas. Bart y sus colegas se habían desvivido más allá del límite, pero esa bestia de Anastasio Somoza era tan impresentable que, en el momento decisivo, el presidente Carter retrocedió. El capitán Bart Croce se desgañitó durante semanas: mándenos a los muchachos de la 101ª o de la 82ª División aerotransportada, más algunos portaviones, muchos bombarderos; en fin, se trataba simplemente de repetir el escenario de los años treinta con las ventajas de la modernidad y no de andar inventando cosas nuevas. Pero nada, de Washington sólo llegó la orden de evacuar por completo la Guardia Nacional de Somoza en espera de tiempos mejores. Humillado y desilusionado, Bart vegetó en San Diego durante un tiempo y, al final, tomó una drástica decisión: postularse para las *Special Forces*.

Formar parte de la élite de cuerpos especiales estadounidenses exige una larga serie de requisitos. Sin embargo, para operar en Centroamérica en aquellos años se necesitaba sobre todo uno: la cara de latino. Los oficiales de las *Special Forces* enviados a El Salvador y Nicaragua tenían que deshacerse de todo elemento de identificación antes de entrar en zona de conflicto, y en el funesto caso de deceso… sus cadáveres se parecerían a los de ciudadanos centroamericanos. Quienquiera que tuviera rasgos anglosajones se quedaba como instructor en los campamentos o en los cuarteles. En 1981, el capitán de las *Special Forces* Bart Croce, volvía a estrechar la mano a los jóvenes oficiales que había adiestrado en Panamá, y que ahora ocupaban puestos de mando en el Batallón Atlácatl, cuerpo de élite del ejército salvadoreño.

Sin embargo, en los meses siguientes, empezó el lento e inexorable *derrumbe**. En la cabeza de Bart algo empezaba a *desmoronarse*.

Claro que torturas, estupros y degüellos no eran suficientes como para ponerlo en crisis: estaba convencido de que ninguna guerra era "limpia", en todas sucedían las mismas cosas. Luego, con la masacre de El Mozote, al ver a esos psicópatas del Atlácatl usando a los recién nacidos como pelota, aventarlos al aire para ensartarlos con las bayonetas, rostizarlos en el horno del pan… No vomitó, pero casi.

"¿Qué carajos me está pasando —se preguntó durante días y noches—, será posible que, con el paso de los años, me haya ablandado?"

Se había impuesto una cura radical: participar en acciones de todo tipo. Hasta que un día notó un segundo *crac* en el cerebro. Uno de sus pupilos del Atlácatl lo había llamado, de lo más

42

contento, para que viera "algo". En el interior de una choza, había dos mujeres y tres niños sentados alrededor de una mesa. Cada cabeza separada del cuerpo y colocada con cuidado sobre la tabla de madera. Los cadáveres con las manos puestas sobre su propia cabeza. Las manos del más pequeño, un niño de más o menos año y medio, estaban clavadas en el cráneo para impedir que se resbalaran. Riendo de oreja a oreja, el oficial dijo a Bart:

—¿Sabes qué es lo más divertido? Falta la madre de esos tres. Imagínate la cara que va a poner cuando regrese del campo, esta noche...

Ya no aguantaba más y, por si fuera poco, empezó a padecer insomnio. Él, que podía dormirse a voluntad en cualquier pausa, a quien le bastaba con un descanso de quince minutos para caer en un sueño profundo, y, si no estaba de servicio en la noche, incluso se echaba diez horas de corrido, sin un solo sueño ni sobresalto... ahora pasaba noches enteras mirando fijamente el cielo o la tela de la tienda, y podía seguir así incluso tres o cuatro días de corrido. Por suerte, llegó la orden de regresar: con destino a una base en Florida. Ahí tuvo a su cargo a un montón de oficiales retirados y soldados de la Guardia de Somoza, junto con unos cuantos cubanos anticastristas. Trabajo pesado porque ninguno de ellos tenía el más mínimo espíritu combativo, y los más honrados se dedicaban a vender cocaína o a explotar prostitutas. Otros eran verdaderos capos de la delincuencia, además de ciertos casos clínicos, que hasta el más generoso de los partes hubiera clasificado como perturbados por trastornos sadoparanoicos. Y ni hablar de transformarlos en saboteadores e incursores. La única solución era sacar lo peor de sus almas pútridas para arrojarlo contra el "enemigo", tranquilizándolos con que atacarían exclusivamente objetivos civiles. Para convencerlos de que se enrolaran, era suficiente con la amenaza de privarlos de su estatus de "refugiados políticos": o aceptaban o se les expulsaba del país, si no es que se les arrestaba por todos los delitos cometidos.

En 1983, Bart se encargó de organizar los campamentos en Honduras, de donde partían las acciones que iban a realizar en territorio nicaragüense. En la escala jerárquica, en primer lugar estaban los oficiales de las *Special Forces,* después los de la Guardia de Somoza y luego una masa heterogénea de mercenarios, generalmente exmilitares de varios países centro y sudamericanos. A continuación, con las primeras bajas y las numerosas deserciones, reclutarían también a muchos hondureños atraídos por una buena paga y la falsa promesa de una visa para Estados Unidos cuando terminara la guerra. En su fax satelital Bart recibía mapas detallados de la ubicación de los objetivos: cooperativas agrícolas, hospitales, escuelas, puentes, además del "trabajo de rutina" que consistía en diseminar minas antitanque en las carreteras para los autobuses y minas antipersona en los campos cultivados. Las indicaciones eran claras: atacar a civiles privilegiando la invalidez en lugar de la muerte —porque todo mutilado o paralítico genera altos costos en asistencia social y requiere de tres o cuatro personas que trabajen para él— y evitar la confrontación directa con el ejército sandinista, capaz de infligir pérdidas que, en poco tiempo, demolerían la moral nada alta de los *contras**. Al principio, Bart había tenido que dirigir personalmente operaciones de este tipo y regresaba a cada rato a Honduras hecho un trapo: no dormía ni cuando podía ni cuando debía, y tragaba anfetaminas para mantenerse despierto cuando estaba en acción. Para colmo, en los campamentos nunca faltaba la cocaína, y muchos *cabecillas** de los contras ya tenían el cerebro frito, eran capaces de degollarse entre sí por cualquier tontería cuando no tenían prisioneros o mujeres secuestradas con quienes desahogarse. Un estrés insoportable.

Bart llegaría a la cúspide de su crisis personal y profesional una noche en Tegucigalpa, durante una licencia.

Se había llevado al hotel a una prostituta que recogió en un bar que frecuentaban militares estadounidenses y hondureños. Un gesto impulsivo, obviamente no dictado por la necesidad sexual ni por la soledad, ya que Bart no soportaba la cercanía de nadie, macho o hembra de cualquier especie viviente. Una decisión tomada como en trance, no ajena quizás al abuso de pastillas, además de las cervezas y el whisky, pero como quiera que fuera, tenía a esa muchachita adolescente en la cama, completamente desnuda, concentrada en masturbarlo sin prisa ni ganas. Y, en un momento dado, Bart sintió esa desagradable sensación de humedad en las mejillas. No quería creerlo. Eran lágrimas. La muchachita, cuando se dio cuenta de que el fornido guerrero gringo estaba llorando como un bebé, interrumpió el inútil trabajo de mano y se acercó a acariciarle el pelo. Bart, cada vez más sorprendido de sí mismo, no pudo contener un sollozo. Las palabras tiernas de la muchachita fueron como un bayonetazo en la cara. La agarró de la garganta, y un momento después tenía en los brazos un cuerpo inerte. Su columna vertebral se había quebrado en la base del cráneo. De tanto haber repetido ese acto mecánico en todos esos años de "contraguerrilla", matando a hombres y mujeres de forma limpia y silenciosa, Bart ya no controlaba sus impulsos. Ni siquiera le había pasado por la cabeza la idea de matarla, pero ahora, mirando por vez primera su rostro de mestiza de rasgos delicados, con esa expresión de estupor infantil en los ojos tan abiertos…

sintió *miedo*. Antes, Bart no hubiera sido capaz de describir lo que era el miedo. Estaba seguro de que lo conocía, pero siempre lo reprimía su frialdad, el chorro de hielo líquido que le bajaba por las venas al momento de matar. Esa noche se quedó temblando de miedo por lo menos un par de horas. Tenía miedo de sí mismo. Ya no podía controlar sus manos ni sus pensamientos, no asía la realidad, era como si fluctuara entre diferentes dimensiones: sus pesadillas se mezclaban con la vigilia. En los meses siguientes, Bart no durmió a pesar de vivir en un sueño constante, confundía el presente con el pasado, que se superponían cada día más. Y la idea de quedarse dormido lo aterraba. Le bastaba con cerrar los ojos para que *ellos* llegaran. Ya estaba condenado a revivir su vida pasada cada vez que el sueño lo vencía. Lo peor de su vida. El horror que siempre se había negado a ver, a tocar, a saborear. El horror que había pensado rozar sólo en la superficie, fingiendo que no le pertenecía.

Después de desgarrarse un brazo con el cuchillo de combate y declarar en su reporte que había recibido un machetazo de un "enemigo", Bart fue repatriado. Cuando terminó su convalecencia, solicitó la baja.

En 1990 una multinacional farmacéutica con sede principal en Glendale, California, lo contrató como responsable de seguridad. No tardó mucho tiempo en ganarse la estima y confianza de los más altos dirigentes, y así fue como empezó a recibir encargos cada vez más reservados y "delicados". En la facturación de la multinacional, una de las voces de mayor relieve era la que concernía a la disposición de "desechos" hospitalarios, particularmente los materiales radiactivos. Bart era confiable, taciturno, eficiente. No tenía vicios ni costumbres que lo hicieran susceptible al chantaje. Su carrera en la Marina de Estados

Unidos y su hoja de servicio en las *Special Forces* lo avalaban. Si de vez en cuando se tragaba una pastilla para mantenerse despierto y lúcido, esto se consideraba más bien apego al trabajo, para nada una forma de dependencia.

Nadie podía imaginarse lo que pasaba en la mente de Bart cuando cedía al sueño.

LA CARTA DE LÁZARO

Querido Leandro:

Me enredé en una historia muy muy complicada y el único modo de no alertarlos sobre ti es evitar tener contacto directo, por lo tanto, no me llames. No es paranoia, créeme. Necesito verte para explicarte todo. No puedo alcanzarte en el D.F., debes venir tú aquí. O sea, a Tijuana porque ahora me encuentro en Loreto, y explicar esto de por sí es una bronca... En fin, desafié a los todopoderosos, y ellos no juegan. Comenzó por casualidad, con una visita a domicilio en un gran condominio de las afueras. ¿Conoces esos horrendos edificios de cemento que construyen para los obreros de las maquiladoras**? Pues sí, todo este asunto nace ahí. Y se trata del asunto más repugnante, criminal y vergonzoso que te puedas imaginar. Te lo contaré en cuanto nos veamos. Mientras tanto, creo que encontré la forma de que me paguen los gastos. Es decir, ellos piensan comprarme, pero yo voy a usar ese dinero para balconearlos. Sí, me doy cuenta de que no estás entendiendo un carajo, por lo cual... trépate a un avión, que el dinero del viaje te lo reembolso yo (también esto será parte de los gastos). Considerando que la videocámara te la llevas hasta a la cama, no hace falta decir que es indis-*

49

pensable que la traigas. Con lo que grabes aquí, obvio no vas a ganar un premio de videoperiodismo, es más, probablemente vas a echar a perder tu relación con una bola de cabrones... Pero ya te conozco, en cuanto sepas de qué se trata, no tendrás la menor duda. Mejor no le digas nada a nadie, por el momento. Luego encontraremos la forma (tú la encontrarás) de mostrarlo en alguna televisora que no esté totalmente vendida a estos hijos de la chingada. Tal vez tendremos que buscarla en Asia, Europa o Australia, lo más importante es grabar las entrevistas a los que aún sobreviven, yo estoy dispuesto a explicar todo con voz en off (se dice así, ¿no?), aunque por ahora, será mejor que yo no salga. Las hojas que incluyo son las historias de algunos "enfermos". No puse todo lo demás, por lo cual es probable que no entiendas el sentido, pero nunca se sabe, esta carta podría ir a dar quién sabe dónde...

¿Qué esperas? Ve a preparar la mochila. Si no te veo en esta semana, me veré obligado a llamarte (también para asegurarme de que la carta haya llegado a tus manos "sana y salva"), pero preferiría evitarlo, como ya te dije antes. Un día llamé a mi hermano desde un teléfono público y me pareció que alguien fue a registrar el número. ¿Te das cuenta? Y no es paranoia, te lo repito. Ellos tienen recursos infinitos... y este país está lleno de vendidos. Ven para acá y los dos juntos nos chingamos a esa carroña. No se atreverán a provocar a la "televisión". Por cierto, ponle a la videocámara una estampa de las que tienes guardadas, tal vez de una cadena europea o canadiense, y pega una también en la maleta del equipo. Los mantendrá a raya, al menos al inicio. Mientras tanto yo te preparo el terreno: la gente que vas a entrevistar ya está advertida, a algunos los compraron, pero hay otros dispuestos a hablar si les pago lo que ellos les pagan. ¿Ves?, para eso me sirve

el dinero que vine a recoger aquí. Basta ya, te pongo la dirección del Seguro Social* *donde trabajo, toma un taxi en el aeropuerto y búscame en el consultorio, no en la casa, ¿de acuerdo?*

Si me quieres hacer un regalo, grábame el clásico Willy DeVille, que el casete de hace dos años se quedó en el sol y ahora gime y maúlla. No puedo estar demasiado tiempo sin "Demasiado corazón", aquí parece que está agotado en todas partes, y eso que en TJ nunca falta nada… Willy DeVille es uno de los pocos gringos apreciables, por culpa de casos raros como el suyo no puedo desear que un cataclismo arrase Gabacholandia*, *como dicen por estos lares.*

Lázaro

P.D.: Ya lo pensé bien, y antes de mandarte todo esto tomé una decisión: ve con mi hermano y dile que te acompañe. Es más, que se traiga a un par de sus cuates del gimnasio. Con nosotros dos no alcanza. Nos ayudarán a hacerles creer que se trasladó todo un grupo, él y los otros fingirán estar a tu mando, no se atreverán a nada contra un equipo de la televisión. Si Toribio te pone peros convéncelo, e insístele a ese cabeza dura que no llame por nada del mundo. Espero que tengas suficiente dinero para los boletos de todos, si no pide prestado y yo te lo devuelvo.

Leandro leyó tres veces la carta. Fue a buscar alguna botella con la última gota. Se tomó restos de Cazadores y ron Potosí. Salió a la terraza.

¿Qué diablos estaba pasando?

Sentado en la barda, de espaldas al tráfico esporádico de Adolfo Prieto, leyó también las hojas con una singular palabra manuscrita en la esquina superior derecha: *pesadillas**.

MODESTO GUTIÉRREZ SARABIA

36 años, obrero de *maquiladora**, residente en la Unidad Habitacional El Porvenir 1, Tijuana, Baja California.

Las primeras molestias datan de hace tres años. Pesadillas y sudoraciones nocturnas, estado de agitación. Soñaba a menudo que no lograba moverse de la cama, creía estar despierto pero no podía levantarse. En otras ocasiones, soñaba que vestía ropa muy pesada y tiesa, que empezaba a apretarle cada vez más, hasta convertirse en una armadura de hierro. Hace seis meses le diagnosticaron leucemia crónica, de lenta evolución, pero desde hace dos semanas no reacciona a las terapias.

ASUNCIÓN MORA SÁNCHEZ

41 años, obrera de *maquiladora**, residente en la Unidad Habitacional El Porvenir 3, Tijuana, Baja California.

Desde hace cuatro años se despierta sobresaltada, sueña que tiene gusanos en las venas que le muerden los huesos. Sensación de sofoco, malestar difuso, irritabilidad, depresión. Linfomas malignos en estado avanzado, con ulceraciones cutáneas.

GENARO MALVIDO URBINA

17 años, sin ocupación fija, residente en la Unidad Habitacional El Porvenir 1, Tijuana, Baja California.

Vive en el condominio desde hace tres años. Comenzó a tener pesadillas hace cuando menos dos años. Tema recurrente: terminar aplastado por una avalancha de tierra, o bajo un derrumbe de ladrillos, etcétera. Leucemia en fase terminal.

Seguían unos veinte casos más, y al calce de la última hoja había una anotación de Lázaro:

Pesadillas. Todos relataron pesadillas recurrentes. Es como si el cuerpo de cada uno de ellos, sometido a una amenaza insidiosa e invisible, intentara lanzar advertencias, alertar a la esfera de la racionalidad. La pesadilla como mensaje del cerebro inconsciente, pero alertado por el instinto. En casi todos los casos, las pesadillas cesaron al aparecer los primeros síntomas de padecimiento físico, con la manifestación de la enfermedad. El inconsciente, en ese momento, se rindió. La batalla ya estaba perdida...

BART SE RINDIÓ AL SUEÑO

Soy el coágulo de putrefacción que crece en tu cerebro. No puedes hacer nada al respecto, Bart. Tarde o temprano, tenías que quedarte dormido. Y yo estoy aquí, esperando a que pierdas el control de tus pensamientos, esperando a que tu mano que presiona la tapa del bote de basura pierda fuerza, afloje y deje que los desechos y sus jugos salgan disparados. Puedes aguantar incluso una semana, Bart, sin dormir. Pero sólo estirando la pata puedes evitar reencontrarme en el punto exacto en el que me dejaste la última vez, clavado en el cerebro como un picahielos. Sí, Bart, tu cerebro es de hielo. Al menos mientras sigas despierto. Pero ahora estás durmiendo, y llegó el momento de volver allá abajo, debajo de la tapa, para cavar en el lodo caliente de los recuerdos. Que no son recuerdos, porque tú no conservas memoria de ellos. Sólo son pesadillas, lo sabes, y por eso haces de todo para mantener los ojos abiertos, te estás matando para que no se cierren… Pero, como ves, tuviste que ceder. Los cerraste, finalmente. Y heme aquí, para alegrarte el sueño. ¿Dónde nos quedamos? Entonces… Si te digo: Matagalpa, febrero de 1983… Oye, Bart, ¿qué haces? No te despiertes, eh, ni siquiera lo intentes. Ya van cuatro días y cuatro noches que no duermes. No lo vas a lograr, no se volverán a abrir, estás demasiado cansado. Es inútil que te agites, quédate quieto y déjame seguir adelante. Decía: Matagalpa, entendida más como región que como ciudad. Nicaragua. Un buen trabajo, Bart. Ganamos, ¿no? ¿Por qué no revivir los detalles de nuestro triunfo, Bart…? La próxima vez quizá volvamos a El Salvador… o, mejor aún, a Honduras: ¿te acuerdas, Bart, en aquel campamento, de la campesina con la cabeza partida en dos de un sólo y preciso machetazo…? Como un coco, prácticamente. Oh, lo sé: tú lo hiciste para que dejara de sufrir. Ya se la habían echado quince y no soportabas aquel llanto agudo, penetrante, una tortura para los tímpanos… Pero no divaguemos, esta noche estamos en las agrestes montañas de Nicaragua. Mira, Bart: estás ahí, echado en el catre, disfrutando la frescura del aire de montaña, la frontera con Honduras no está demasiado lejos, y de todos modos estás esperando un helicóptero que te regrese allá. Debes permanecer quieto por unas horas, movilizar a los quince *freedom fighters* que están contigo significaría arriesgarse a atraer la atención de los nicaragüenses. Podrías finalmente descansar. No, dormir no, pero descansar un poco, intentando no pensar en nada.

Pero… llega la patada en los güevos del Culebra. Tú mandas, pero él es el jefe de su banda de degolladores. Escogió ese nombre de batalla para infundir respeto, pero su cara definitivamente no recuerda a la de una víbora: parece una rata de alcantarilla, con esos ojitos rojos de alcaloides y alcohol y los dientecitos afilados y negros, la boca apretada… Ahí está, El Culebra. Y se está riendo en tu cara…

—Tengo sueño. Deja de estar chingando.

—Oye, no, gringuito. Esta vez la chambita la haces tú.

—Olvídalo. Cobras tres mil dólares al mes para hacerlo. Así que mátalo sin joderme a mí, te dije que tengo sueño.

—Demasiado cómodo, gringuito. No es dinero tuyo, y de todas formas tu sueldo es el triple del mío. ¿Por hacer qué? Dar órdenes, distribuir coca, recibir faxes satelitales, marcar con tu dedo limpio los lugares en el mapa adonde tenemos que ir mis hombres y yo a llenarnos de sangre y de mierda. No, demasiado fácil. Esta vez el sueldo te lo ganas también tú. ¿Me entendiste, gringuito?

Te levantaste con calma, suspirando. Habías sacado la Glock de debajo de la mochila que usabas como almohada, y de un golpe le pusiste el cañón de la pistola en la frente, sujetándola recta, horizontal, y dijiste con voz muy calmada:

—No te lo voy a repetir. Me vuelves a decir gringo o gringuito y te agujero el cráneo. Para ti soy El Caimán. A mí tampoco me gusta, pero tienes que llamarme así.

El Culebra se echó a reír, nervioso e histérico, como siempre desde que le dabas una onza al día de tu polvo cristalino.

—Apuesto a que no tienes ni un tiro en la pistola —dijo él, deslizando la mano hacia la 45 que llevaba en el cinturón.

—Va —respondiste—. *Yo* apuesto a que sí.

El Culebra lo pensó un momento, después volvió a reír y se salió de la barraca.

Ese maldito psicópata te quitó el sueño. Porque entonces el problema era a la inversa: querías dormir, pero ya no te era posible. Saliste tú también, irresistiblemente atraído por el trabajo que te habías negado a hacer, pero que querías ver *cómo* se haría.

El prisionero estaba acostado en un surco, no llegaba a fosa, pero de todos modos era suficiente para recubrirlo con pocas paletadas de tierra y hojas. Te echó una mirada sin interés. Pero luego te sostuvo la mirada, y esto te molestó. Hasta que El Culebra le apoyó la suela de su bota en la cara, obligándolo a cerrar los ojos.

—Y entonces, *hijo de Sandino**, ¿todavía te queda algo de los güevos que te reventé a patadas?

El prisionero lo miró inexpresivo: ni odio, ni miedo.

"¿Será posible que no tenga miedo?", te preguntaste. ¿Qué siente un hombre a punto de morir asesinado, con las manos amarradas atrás de la espalda tirado en lo que está por convertirse en su tumba? Morir en combate es otra cosa, ahí no tienes tiempo de pensar y sigues adelante convencido de que las balas le van a dar siempre a otro… Pero así, viendo a los ojos a los que están por cortarte la garganta… ¿Qué chingados estás pensando, maldito hijo de puta? Seguramente tienes una esposa, hijos, madre… Y no eres un muchacho repleto de ideales ni de fanatismo, te ves por lo menos de cuarenta años, una edad en la que deberías de estar aterrorizado por la idea de perderlo todo…

La fe, a lo mejor. Todos estos pinches sandinistas son creyentes, entre ellos hay muchos curas… ¡Qué va!, el hecho es que estos cabrones tienen *demasiado corazón*. Nosotros ganaremos, pero nunca vamos a tener sus corazones… O a lo mejor sí. Con el tiempo, ningún ideal resiste a la podredumbre de la realidad que lo rodea…

Casi te dio envidia verlo tan calmado, resignado… No, resignado no. Luchó como una fiera, mató a tres de tus hombres y siguió peleando con uñas y dientes hasta que lo tumbaron. Lo querías vivo para interrogarlo. Pero es un tipo decidido, un cabeza dura, no abrió la boca a pesar del encarnizamiento de la banda del Culebra, y no te lo puedes llevar de ahí, ya serían demasiados en el helicóptero. De todas formas no es un prisionero por el que valga la pena desperdiciar tanto esfuerzo… Un campesino, no un soldado. Pero estaba armado y defendió su pequeña y miserable cooperativa de muertos de hambre como él. A lo mejor su esposa estaba entre las víctimas del asalto. Pero sus hijos estarán en algún lugar… Ninguna resignación en esos ojos oscuros, profundos, hundidos. Sólo un inmenso, inconcebible vacío. Ojos que miran desde una distancia sideral, ojos de un hombre que ya no está aquí…

El ruido a lo lejos te regresó a la realidad. El helicóptero. Había que apurarse. El Culebra le apoyó la punta de la bayoneta en la garganta. El prisionero se limitó a apretar la mandíbula y a endurecer las facciones de la cara. El Culebra empujó lentamente la hoja, haciéndola penetrar centímetro a centímetro. El hombre no emitió ni un gemido. Siguió mirándote hasta al final.

Bart se levantó de golpe para sentarse. Respiraba con la boca abierta, jadeando. Miró a través del ventanal que daba al mar, oyó el fragor de las olas. Saltó de la cama y corrió al baño. Metió la cabeza en el lavabo, dejó correr el agua. Luego levantó la mirada, cediendo a la fuerza de atracción del espejo. En sus ojos había una vorágine, un abismo. El mismo vacío que había visto en los ojos del prisionero. También él, Bart, estaba muerto desde hacía mucho, mucho tempo.

Para llegar al edificio de cristales polarizados y acero bruñido donde estaban las oficinas del "empleador", Bart tenía que atravesar en auto —pero rigurosamente a vuelta de rueda— por lo menos tres kilómetros de jardín: cedros, acacias, abetos, paja-

ritos ufanos y ardillitas graciosas, un verdadero paraíso terre-
nal donde los hombres de la seguridad, elegantes y discretos,
hacían lo posible para no hacerse notar, limitando las revisio-
nes al mínimo. Pero ni siquiera una mariposa podía escapar del
complejo sistema de cámaras camufladas hábilmente, ni de los
sensores que registraban el paso de cualquier ser vivo u objeto
inanimado. Bart imaginaba que, en algún lugar, habría incluso baterías de Patriots, en caso de un ataque con misiles... La
farmacéutica multinacional financiaba proyectos para evitar la
extinción de las tortugas o de insectos raros, hacía sustanciosas
donaciones a organizaciones que combatían los incendios fores-
tales californianos, participaba en campañas publicitarias para
sensibilizar sobre los peligros que corren los delfines a causa
de la pesca de atún, subvencionaba a un montón de investiga-
dores botánicos para repoblar con orquídeas silvestres quién
sabe qué selva del continente, y toda una serie de innumerables proyectos más por los cuales el planeta tenía que estarle
infinitamente agradecido. Como consecuencia directa de tanta
generosidad, la inmensa oficina de su "jefe" tenía las paredes
tapizadas de encomios, placas, reconocimientos, declaraciones
de amor incondicional de parte de círculos y clubes formados
por millonarios que habían hecho del ecologismo el tema principal de largos juegos de golf o de sesiones de sauna.

Bart se estacionó en el sótano —ningún medio mecánico
debía arruinar el panorama idílico en torno a la sede— después de presentarse con los guardias, los únicos de uniforme,
dado que nadie podía verlos desde afuera, y llegó al último piso
en elevador, usando su tarjeta magnética para ponerlo en marcha. La secretaria lo recibió con una sonrisa automática, exageradamente cordial. Bart Croce era el único que no tenía que

esperar. Para él el "jefe" siempre estaba disponible. Y de todas formas tenía una cita precisa, si no lo veían en diez minutos se echaría a andar un verdadero plan de búsqueda. Las tareas de Bart eran demasiado delicadas, sus informes tenía que hacerlos en persona y en lugares previamente "inspeccionados", donde ningún medio electrónico pudiera destruir el sofisticado sistema de medidas preventivas, y el uso del teléfono le estaba limitado para agendar o conceder citas.

El profesor Solomon Haverlange le dio la bienvenida con un afectuoso apretón de manos. Lo invitó a sentarse en el sillón de piel oscura, le ofreció algo de tomar sin pedirle ayuda a su secretaria y se saltó todo preámbulo.

—Me imagino que vino a comunicarme que al fin erradicaron la causa del problema.

Bart lo miró largamente, dándole vueltas al vaso entre las manos. Por fin dijo:

—No exactamente. Sólo erradiqué uno de los efectos, no la causa.

El profesor Haverlange parecía intrigado, más que alarmado. Bart podía permitirse un tono de ligera insolencia, pero esa respuesta francamente lo sorprendió.

—¿Quiere explicarse mejor, capitán Croce?

Cuando lo llamaba "capitán" pretendía restablecer la distancia.

—Hay poco que explicar. Usted no puede entender cómo son los mexicanos. Nadie puede entenderlos. Sin embargo, yo los conozco: y por más que un mexicano sea corrupto y esté podrido, por más dinero que se embolse, tarde o temprano se le zafa un tornillo… se siente humillado, se reavivan sus ganas de venganza y nos chinga. En este trabajo hay demasiada gente involucrada. Todos tienen los ojos cerrados, se embolsan la lana y se callan. Pero ¿hasta cuándo?

—Dígamelo usted, que parece conocerlos mejor que yo —agregó el profesor, con tono ligeramente sarcástico.

—Estoy tratando de decirle que la compañía tiene que encontrar la forma de demoler esos malditos edificios. Tiene que haber un pretexto, un medio… Yo qué sé, comprar el área completa para reconstruir todo en otro lugar, o…

—Demasiado tarde, capitán. Sólo podemos tomar distancia de quien nos puso en esta vergonzosa situación. Le aseguro que no va a volver a suceder. En cuanto a lo ya hecho, lo siento, pero…

Bart se puso de pie bruscamente:

—¡Por favor, profesor Haverlange! Los que provocaron este desmadre ahora van a trabajar para alguien más y seguirán haciendo las mismas cosas, y punto. Y yo, para garantizarle a la compañía toda la seguridad necesaria, tendría que… eliminar a todo aquel que sepa o sospeche algo. ¿Se da cuenta? No me bastaría un batallón de incursores…

El profesor hizo un esfuerzo enorme por sonreír. No le gustaba que en su oficina se pronunciara el verbo "eliminar". Se acercó y le dio unas palmadas en el hombro.

—Querido capitán, usted es uno de nuestros colaboradores más valiosos. Pero desde hace tiempo hemos notado cierto cansancio, seguramente a causa del exceso de trabajo… Me parece que llegó el momento de que goce de unas espléndidas vacaciones por cuenta de la compañía. ¿Está de acuerdo, capitán?

Bart recorrió unos cuántos kilómetros de carretera con la mirada febril y un temblor creciente en las manos. Decidió orillarse en una bahía. Permaneció inmóvil durante unos minutos, con la mirada perdida. Luego, de repente, bajó la cabeza y golpeó la frente contra el volante. Se dio dos puñetazos en el muslo con todas sus fuerzas. Buscaba recuperar la lucidez. ¿Por qué le había hablado de ese modo a su jefe? ¿Qué le estaba pasando? Era consciente de que ya no poseía el control de sus propias acciones. Estaba perdiendo los frenos inhibitorios que regulaban su conducta intachable. Intuía el porqué: los tipos como él, mientras se queden en el rebaño, porten un uniforme y vivan inmersos en una comunidad totalitaria, mantienen el equilibrio. Pero si se quedan solos…

Se tragó una pastilla. El sabor amarguísimo le era familiar. Amaba ese asqueroso sabor. Echó a andar el auto y se fue.

GENTE DE TEPITO

A espaldas de la catedral se extiende una red de callejones que a diario dan vida al mercado al aire libre más grande del mundo: Tepito. Cuando los españoles conquistaron Tenochtitlan, se empeñaron en demoler piedra por piedra cada templo para edificar, exactamente sobre los cimientos todavía humeantes, las iglesias que demostrarían la supremacía del "Dios verdadero". Pero no lograron aplastar ni desprender la densa y capilar red de actividades comerciales que vieron a los aztecas convertirse de temibles guerreros en comerciantes laboriosos. El *tianguis** de Tlatelolco era, pues, el más grande del continente americano, ni siquiera en Europa había mercados tan grandes y ricos en variedad de productos y número de vendedores. Y así, Tepito, en aquel entonces símbolo de la resistencia a los conquistadores, por cinco siglos siguió representando un territorio autónomo en el corazón de la Ciudad de México. Hoy comprende más de sesenta *manzanas** trazadas según los esquemas urbanos de los tiempos de Hernán Cortés, y aunque los taxistas que pasan por la zona les ponen seguro a las puertas y suben las ventanillas, Tepito ya no se merece la fama de *casbah* de los contrabandistas, los innumerables puestos ofrecen todo tipo de productos a precios accesibles y la elección es prácticamente ilimitada: desde ropa hasta electrodomésticos, desde el más humilde objeto de barro hasta el más moderno aparato de silicio. Y éste es el motivo por el que las grandes cadenas de centros comerciales consideran al *tianguis** de Tepito una afrenta a su monopolio arrollador.

Tepito no es sólo un mercado: representa también el alma humilde pero indomable de la megalópolis de las mil caras. Y entre las muchas tradiciones, su gente está orgullosa sobre todo de una: aquí nacieron y crecieron los mejores boxeadores del país, desde que existe un deporte llamado boxeo. Bueno, tal vez no *todos* los mejores, pero sí los más persistentes, aferrados, desesperadamente valientes, aquellos que siguen de pie aunque no recuerden ni su propio nombre, aquellos con la vida pendiendo de un hilo y la muerte posada en el hombro, ésos sí, vienen de Tepito. Ningún peso completo, si acaso algún *superwelter*, en su mayoría mosca, gallo y pluma, porque siglos de penurias y alimentación pobre no pueden generar más que cuerpos flacuchos y pequeños. Pero la obstinación es su cualidad indiscutible, esa que les permite pelear aun con el estómago vacío, recibir golpes sin quejarse, perder sin protestar, y regresar a pelear lo antes posible.

En Tepito los gimnasios de boxeo son tan habituales como las *cantinas** y Leandro, caminando de prisa entre los puestos tan inmerso en sus pensamientos que perdía la habitual "captura" de la realidad circunstante, se dirigía a La Providencia, donde solía entrenar Toribio Alvarado, hermano de Lázaro.

Los hermanos Alvarado nunca conocieron a su padre. Doña Astolfina, su madre, se las había arreglado para criarlos gracias al puesto de camisas de "marca" que cada mañana abría en una calle de Tepito. Doña Astolfina había muerto cuatro años atrás, contenta con el título de médico de Lázaro, su hijo mayor, pero con el corazón encogido por las tantas veces en que había visto a Toribio regresar a casa con la cara hinchada y los ojos entrecerrados. Estaba orgullosa de sí misma porque sus hijos se habían mantenido "suficientemente" lejos de la calle y de los peligros de la miseria, pero no había podido impedir que uno de los dos empezara a perseguir el sueño de tantos otros muchachos que nacieron y crecieron en Tepito: ganar en el cuadrilátero el rescate de una vida que comenzó bajo el sello de los perdedores.

Leandro atravesó el pasillo en penumbra y saludó al viejo Indalecio que estaba barriendo la calle con la meticulosidad de siempre. Entró en el local iluminado con luces de neón y pensó, sin darse cuenta, qué tipo de apertura usar ahí adentro, luego enfocó el cuadrilátero, vio a los dos boxeadores con la protección en la cara que se movían demasiado para el entrenamiento de rutina, es más, notó que uno golpeaba con fuerza y que el otro se defendía como podía, y al final oyó los gritos llenos de rabia de Pancho Vallejo que saltaba por encima de las cuerdas y se metía entre los dos:

—¡Carajo, Toribio, basta! ¿Qué diablos estás haciendo? ¡Ya estuvo!

Pancho, cuadrado y pesado, levantó los sesenta kilos del joven boxeador y lo aventó a la esquina. El que estaba recibiendo la paliza sin motivo fue a recargarse en las cuerdas, jadeando, luego escupió el protector bucal e hizo una mueca de fastidio, golpeándose con el guante la sien como diciendo que seguramente el otro se había vuelto loco. Toribio estaba de pie en la esquina contemplando la escena como si no entendiera, más ausente que contrariado. Pancho, el entrenador, se le acercó y, agitando el índice en el aire, empezó a regañarlo en voz baja, hablando rápido y sin parar. Toribio asentía, sacudía la cabeza. Leandro escuchó claramente sólo la última frase, pronunciada en voz alta:

—¡Y ahora ve a desquitarte con el saco! No lo dejes hasta que yo te diga, ¿está claro?

Toribio se quitó el casco, lo dejó caer en una silla y se encaminó sin ganas hacia el fondo, donde lo esperaba el desgastado y agrietado saco contra el cual se habían aventado por lo menos cinco generaciones de jóvenes, el molino de viento que cada uno había soñado con despedazar a fuerza de derechazos y zurdazos.

Leandro fue a buscar un banquito en la parte menos frecuentada del gimnasio, junto a los vestidores, esperando que pasara la tensión que se respiraba en el aire y que parecía retumbar más fuerte que las luces de neón. Veía a Pancho Vallejo ocupado en atarle los guantes a un muchacho y después a Toribio que propinaba golpes cada vez más rápidos y precisos, mientras pensaba en las palabras del entrenador cuando, meses atrás, se había desahogado con él frente a la barra de la cantina de al lado.

Si un boxeador pelea con el corazón en vez de con la cabeza, decía Pancho, tarde o temprano acaban aniquilándolo. Si dejas que el instinto te gane, no reconoces tus límites y, por el contrario, te levantas en vez de quedarte en la lona... Pancho se lo repetía a menudo: detente y razona, detente y razona. Porque Toribio, cuando encontraba un adversario más fuerte y más duro que él, se negaba a rendirse, no aceptaba la derrota, y así un encuentro perdido se transformaba a menudo en un desastre, una masacre inútil. Los boxeadores como él corren el riesgo de que los maten. Y si Pancho tiraba la toalla en el ring, Toribio reaccionaba de forma irracional: desaparecía por semanas, amenazaba con vengarse, se emborrachaba tirando por la borda meses y meses de sacrificio… Pancho aprendió a conocerlo cuando al menos en un par de ocasiones se daba de topes por la indecisión hasta sangrar: ¿tirar la toalla y desencadenar las peores consecuencias o dejar que lo destruyeran hasta que aquellas malditas patas de mula terca aguantaran? La inagotable y extraordinaria capacidad de recuperación se convertía en sinónimo de masoquismo si Toribio empezaba a recibir más golpes de los que daba. Sin embargo, Toribio tenía un talento natural, uno de los pocos boxeadores capaces de pensar una cosa y hacer otra; por ejemplo, empezar con ese *jab* lo que su mente había ordenado al brazo para verlo luego transformarse *autónomamente* en un gancho de izquierda cuando, en aquella milésima de segundo, el adversario decidía cambiar de posición o bien soltar golpes de prueba que, de improviso, sin posibilidades de intuirlo, se convertían en derechas fenomenales… El problema de Toribio era siempre el mismo: transformaba las derrotas en intentos de suicidio. Afortunadamente para él, tenía acumuladas más victorias que desastres, y casi todas por nocaut. Los boxeadores están entrenados para no rendirse. Con Toribio, Pancho a menudo terminaba haciendo lo contrario. Y esto no le gustaba en absoluto porque significaba reprimir el potencial de su mejor boxeador.

—¡Ey, mira quién está aquí! ¡Llegas justo a tiempo! —exclamó Pancho.

Leandro salió con dificultad de la maraña de pensamientos y esbozó una sonrisa de saludo. Pero el rostro del entrenador se veía oscuro, más bien, muy oscuro, porque con la sangre de indio purépecha heredada de su bisabuelo tenía una piel de por sí del color del bronce antiguo.

—Si vienes por Toribio, tendrás que esperar.

Leandro levantó las manos en señal de rendición.

—Que estaba loco lo sabía desde el principio —continuó Pancho Vallejo, decidido a desahogarse—, pero hoy se pasó. Lo puse a calentar un poco con Chepito, sólo tenía que probar la izquierda y aflojar las piernas, pero el muy desgraciado, mal rayo lo parta, se puso a lanzar golpes como si tuviera enfrente al mismísimo campeón mundial… ¡Quién entiende qué diablos le pasa por la cabeza!

—Tal vez lo provocó, o quizás… —intentó replicar Leandro, sólo por decir algo. Pancho puso una expresión horrible, como si estuviera por asfixiarse con un hueso de pollo.

—¡¿Lo provocó?! ¿Quién? ¿Chepito? ¿Qué pendejadas estás diciendo?

Leandro se rindió inmediatamente:

—Está bien, está bien, yo no tengo nada que ver y no quiero saberlo. Dije una pendejada, de acuerdo. Sólo hazme un favor: cuando Toribio acabe de tundir ese saco, dile que me fui a comer algo a la *lonchería** de aquí enfrente. Ahí lo espero.

Pancho se quejó:

—Mira que se va a tardar por lo menos media hora. Y en todo caso, nada de cerveza, no lo dejes tomar, ¿estamos?

A Leandro le habría gustado responderle que Toribio tenía un hermano mayor y que él no animaba a tomar a nadie y mucho menos lo impedía. En cambio se limitó a tranquilizarlo con un gesto.

En la *lonchería** ordenó huevos estrellados. Veinte minutos después ya se había terminado la segunda cerveza y pidió un café de olla. La enorme taza de infusión con aroma a canela le confirmó que sus costumbres de antes se habían perdido definitivamente: el buen café se disfrutaba medio litro a la vez.

Toribio apareció casi una hora después. Se limitó a mirarlo quedándose en la puerta. Leandro dejó el dinero en la mesa de aluminio y se levantó. Estrechó la mano del joven boxeador, impresionado por su expresión impenetrable. Luego lo siguió a la calle y dijo:

—Recibí una carta muy rara de tu hermano…

Toribio se detuvo. Tenía la mirada febril. Leandro se sintió avergonzado: ¿qué diantres le había pasado? Lo conocía poco, pero sabía que tenía un carácter impredecible, capaz de quedarse mudo días enteros o de despedir de repente una energía contagiosa, prendiéndose con entusiasmo inexplicable. Continuó:

—Dice que vaya con él a Tijuana, y que te lleve a ti también. Tengo miedo de que esté por meterse en líos.

Toribio parecía aguantar cada palabra como otros tantos ganchos en el estómago. Leandro lo miró intentando entender, le preguntó:

—¿Estás bien?

El otro apretó la mandíbula y una miríada de músculos transformaron su cara en una máscara de rabia. Luego sacó el aire como esforzándose por reencontrar la calma, inhaló, y dijo en voz bajísima, entrecerrando los ojos:

—Vamos. Lo platicamos cuando lleguemos.

—¿Adónde?

Como respuesta, Toribio le mostró las llaves de un coche y se dirigió al destartalado vocho de Pancho Vallejo.

—No me digas que te lo prestó… ¿No habían discutido?

Toribio levantó de golpe un hombro, haciendo una mueca: tal vez quería decir que entre él y Pancho nunca habían tenido un pleito de verdad. Leandro se acomodó en el asiento medio hundido, mientras el vocho partía entre saltos y sacudidas.

Lo dejó manejar en el tráfico del Centro Histórico un cuarto de hora, y cuando lo vio tomar la Calzada de Tlalpan, se decidió a preguntar:

—¿Adónde vamos?

Toribio manejó serio y en silencio otros diez minutos, antes de responder:

—A ver los volcanes.

Llegaron a Cholula poco antes del anochecer. Leandro al principio fue asaltado por el acostumbrado pensamiento pernicioso "tendría un montón de cosas que hacer en vez de estar aquí", que enseguida fue sofocado por el antídoto "nada que no pueda esperar hasta mañana". Y así disfrutó el panorama de la carretera que lleva de la Ciudad de México a Puebla. En Huejotzingo cargaron un poco de gasolina, siempre en silencio, con Leandro que fumaba metódicamente y Toribio que maltrataba el pobre volante con sus pequeñas manos de piedra, huesudas y nerviosas. En Cholula se estacionaron frente a la basílica de Nuestra Señora de los Remedios, al pie de la montaña, en realidad una pirámide de ciento veinte metros sepultada por el polvo de siglos. Toribio trepó por la escalera, y Leandro lo siguió jadeando.

En la cima la vista era como para anular toda recriminación y deseo de maldecir a ese condenado boxeador medio loco. El Popocatépetl se erguía como un gigante imponente, el centinela del valle de México, guardián de la milenaria alma azteca aún presente no obstante las trescientas iglesias españolas de Cholula. A la derecha del coloso estaba tendida su compañera, Iztaccíhuatl, la *Mujer Dormida**, extraordinariamente parecida al perfil de una mujer tendida en un tálamo. Toribio comenzó a hablar en tono bajo, dejando a Leandro cada vez más estupefacto: del silencio insoportable a la verborrea inagotable en tan sólo dos segundos.

—Le decimos Don Goyo —empezó señalando el volcán coronado de nieve y de una nube de humo denso—, porque lo respetamos. Es un ser viviente, como lo es el planeta entero. Tal vez estas cosas no las puedas entender, pero sé que las aceptas. Popocatépetl era un guerrero e Iztaccíhuatl, su amada. Un día le dijeron que había caído en batalla, y ella se dejó morir de dolor. Cuando él regresó, la tomó en sus brazos y se la llevó a las montañas para llorar su desesperación. Los dioses, conmovidos, los transformaron en volcanes. Ella dormirá para siempre y él vela el sueño de su amor perdido. Por eso seguimos representándolos así: tal vez has visto esas estatuas de bronce, con el guerrero azteca que sostiene delicadamente entre los brazos a una muchacha bellísima…

Leandro asintió. Toribio continuó:

—Nuestros volcanes son las fosas nasales del planeta: por ahí respira la tierra. Dicen que se cerró una época en el camino de los seres humanos. Hasta ayer, el centro de la energía estaba en el Tíbet, en el Himalaya. Hoy, tras terminar una era e iniciada otra, la espiritualidad del mundo tiene su ombligo aquí. Sí, aquí, en México. Y el Popocatépetl y el Iztaccíhuatl son los puntos por los que pasa la energía. ¿Entiendes?

Leandro se sacudió. Arqueó las cejas, murmuró:

—Sí… y no. O sea, entiendo lo que dijiste, pero no entiendo qué quieres decirme.

Toribio sonrió de modo extraño, con expresión desconsolada. Mirándolo a la cara, Leandro sintió que un escalofrío le recorría la espalda.

—Mira, Leandro… la última vez vine con Lázaro. Yo tenía quince años y le tiraba los primeros golpes a un saco de tela colgado en el patio. Él ya era estudiante de medicina, y le iba de maravilla, se veía que era la pasión de su vida. Curar a los demás era una necesidad, no un trabajo. Vinimos aquí y él me contó esta historia. Yo casi no lo escuchaba, pensando en el saco que me esperaba, soñaba con ganar en el cuadrilátero, me parecía que todo le quitaba tiempo a mi carrera hacia el éxito… Y no entendía. No entendía que sin raíces… no somos nada. No valemos nada. Él lo sabía. Él…

Toribio se agachó, con los brazos sobre el vientre y de los párpados apretados se deslizaron dos gruesas lágrimas. Leandro siguió mirándolo, como aturdido.

—Sí, él lo sabía —murmuró Toribio con voz quebrada—, ¡¿pero entonces por qué?! ¿Por qué, maldito desgraciado, hizo lo que hizo…?

Leandro no pudo más. Agarró a Toribio de un brazo y lo sacudió.

—¿Qué chingados hizo Lázaro? ¡¿Me quieres decir qué hizo?!

Toribio lo miró a través del velo húmedo, como si no alcanzara a distinguirlo. Luego, tragando saliva y aclarándose la voz, dijo:

—Heroína. Un *pinchazo**… Se pinchó, ¿te das cuenta? Estiró la pata como el último pobretón de este país de pobretones. Solo, en un pinche baño, con la jeringa todavía en la vena. Murió como un desesperado, él, que me enseñó a vivir… Que me sacó de la calle y me convenció de que vale la pena comer polvo y mierda si tienes un objetivo… Para mí Lázaro era más que un hermano, más que un padre. Era el símbolo de que se puede nacer y crecer

74

en la basura sin perder la dignidad. Cada golpe que le di al saco y luego a un adversario en el cuadrilátero, se lo di pensando: tu hermano Lázaro estará orgulloso de ti, aguanta, hazle ver lo que vales, que tenía razón en creer en ti… Y ahora me vienen a decir…

Toribio pateó una piedra. Leandro lo miraba con la boca entreabierta, petrificado. Tal vez siempre se diga lo mismo, pensaba: todos, menos él. Pero, por Dios, era cierto. Todos, menos Lázaro. No era posible. Lázaro muerto por una sobredosis…

—¿Quién te lo dijo?

—La policía. Ayer. Me pidieron ir a la *Delegación*[*]. Querían saber si sepultarlo en Loreto en una fosa común, si pago yo el funeral o si prefiero traerlo aquí… Pero ¿qué demonios hacía en Loreto?

—La policía cuenta lo que le conviene —soltó Leandro, buscando justificaciones; de repente se había animado. Caminaba de un lado a otro, atormentándose la barba de dos días.

—Sí, es cierto. Pero me hicieron ver las fotos. Sabes… ahora tienen grandes recursos. El progreso… Transmiten las fotos con una especie de fax. Y yo las vi. Lázaro en el pinche baño de un restaurante, el detalle del brazo… Y Lázaro sobre la mesa de la morgue. Con el estómago cosido después de la autopsia. No tienen dudas.

Leandro agarró la mochila, hurgó rabiosamente, sacó la carta de Lázaro y la agitó en el aire:

—¡En cambio yo sí tengo dudas, porque él escribió esto! Aquí está, mira…

Toribio se secó los ojos con el dorso de la mano y comenzó a leer.

LA TÍA JUANA

Nunca ha sido aclarado por qué la ciudad fronteriza con más tráfico en el mundo se llama así. En 1809 aparece por primera vez con el nombre de Tía Juana, cuando un misionero de San Diego, al bautizar a un indio de cincuenta y cuatro años, escribió en el registro que éste era originario de un pueblo llamado "La tía Juana". Es un misterio quién era la tal tía Juana. La leyenda cuenta que era una mujer de autoridad en la zona, pero probablemente el fraile había españolizado un término indígena que sonaba más o menos como "Llatijuan". Ya a principios del siglo XVIII existía un pueblo en el sur de la península llamado San Andrés Tiguana. Quizás un misionero o un soldado español de regreso a San Diego había decidido ponerle el mismo nombre a la nueva zona habitada que se estaba desarrollando más al norte. Sea como sea, en el siglo pasado se conocía como Tía Juana. Y cuando los Estados Unidos se agarraron medio México, la península de Baja California logró quedarse con Tijuana, sólo para permanecer comunicada por tierra con el resto de la nación. En esos tiempos era a duras penas un conjunto de chozas dispersas. Gracias a la zona de control aduanal, crecería rápidamente. En 1911, el ala anarquista de la revolución, que tenía en Ricardo Flores Magón a su principal inspirador, hizo de Baja California su campo de batalla. Mantuvieron el control de Tijuana unos cuantos meses antes de ser derrotados por el ejército de Porfirio Díaz. Villa y Zapata estaban demasiado lejos, y el sueño de una península administrada bajo los principios del anarquismo dejó como herencia la acusación de "separatismo". Difícil imaginar que el lugar fronterizo más apreciado por los Estados Unidos pudiera volverse la capital de los "subversivos". En cambio, en los años veinte se convierte en la capital de los gringos borrachos que llegaban para pasarse por el arco del triunfo el prohibicionismo. Hollywood estaba cerca, y por las calles polvorientas de la Tía Juana nocturna caracoleaban alegres y escandalosas las siluetas de Douglas Fairbanks, Johnny Weissmüller, y más tarde Clark Gable, Bing Crosby... También Al Capone iba con frecuencia, pero evitaba cuidadosamente dejarse ver en público sin un pelo fuera de su lugar. Más atención que él, seguramente, recibió Rita Hayworth, que cantó varias veces en el Río Rita, uno de los viejos locales de una época perdida. A partir de los años cuarenta, la población comenzó a aumentar con un ritmo superior al de la misma capital federal, y Tijuana se convirtió en tres ciudades distintas: la de los turistas que bajan del opulento norte, llena de grandes hoteles con salones para fiestas desenfrenadas, deslumbrantes centros comerciales, restaurantes a la moda, un verdoso club de golf que se chupa buena parte del agua de los que de por sí ya tienen poca. La de los habitantes originarios, cada vez más aturdidos por el torbellino de cambios traumáticos y, finalmente, la aglomeración de *maquiladoras*. Muchos llegan con la esperanza de pasar "al otro lado", pero es un sueño difícil de realizar, y entonces se quedan aquí a ganar un sueldo de hambre por un trabajo de esclavo.

Respecto a cómo se movían los emigrantes, Leandro y Toribio habían hecho un viaje demasiado cómodo: en avión desde la Ciudad de México. En autobús habrían llegado demasiado tarde. Los restos de Lázaro los tenían que sepultar, después de que el municipio se encargara de trasladarlos a Tijuana, gracias a que residía ahí. Los boletos de avión eran caros, para las finanzas de ambos. Pero Leandro había logrado cobrar por el video de un concierto vendido a una televisora canadiense, mientras que Toribio había logrado que Pancho le diera un anticipo a cuenta de unas ganancias bastante inciertas. Le contó que su hermano había muerto en un accidente, y frente a una desgracia familiar, el entrenador aceptó sin chistar.

El entierro fue "sobrio y breve": ellos dos, un cura y los tres trabajadores del cementerio encargados de cavar la fosa y meter la caja. Una caja elegida de la categoría "ultraeconómica" porque el dinero que habían juntado tenía que servir para… en realidad no lo sabían. No tenían la mínima idea de cómo comenzar y qué buscar. En casa de Lázaro, donde se instalaron al menos por las dos semanas de renta ya pagada, no encontraron nada. Pero Toribio, que conocía bien a su hermano, estaba seguro de algo: había demasiado desorden, en los cajones, en el clóset. Alguien ya había registrado el departamento de treinta metros cuadrados. Alguien había tenido cuidado de no exagerar, pero sin lograr volver a dejar todo como estaba. Leandro, después de la vehemencia del principio con la cual había involucrado a Toribio, ahora estaba preocupado al verlo así de afligido, determinado, inamovible. Y para encontrar un equilibrio ponía en duda las convicciones del otro, pero sin creérselo: porque ya también él estaba seguro de que Lázaro no había muerto de esa manera. Es decir, la sobredosis de heroína nadie podía refutarla, por desgracia: pero Leandro pensaba en una forma de suicidio, en la decisión de acabar con todo cuando se encontró perdido, agobiado por una situación sin salida. *Alguien* seguramente era el culpable de ese final inaceptable. Pero ¿quién y por qué?

La dificultad para encontrar un punto de partida consistía en la falta de amigos a quienes consultar. Lázaro vivía en Tijuana desde hacía pocos años y ni Leandro ni Toribio conocían los nombres de las personas que frecuentaba. Ninguna noticia de probables mujeres: la última novia se había quedado en la Ciudad de México cuando Lázaro decidió aceptar ese puesto. Una relación bastante débil, pues ella se casó y esperaba un segundo hijo. A Toribio le hablaba por teléfono su hermano mayor de vez en cuando para preguntarle cómo le iba con el box y para hacerle las recomendaciones de siempre. De su trabajo hablaba poco, y de todos modos no llamaba desde hacía meses. Tres semanas antes, Toribio se había decidido a llamarlo, y Lázaro le había contestado apresuradamente, para avisar que iba a cambiar de número y que se reportaría lo más pronto posible. Ahora, las conclusiones de Toribio eran inquebrantables: se sentía amenazado y vigilado, de ahí que no pudiera hablar por teléfono. Inventó la excusa del cambio de número para evitar que su hermano lo llamara, con el riesgo de que terminara involucrado en su mismo "problema".

Quedaba sólo su lugar de trabajo, el *Seguro Social**.

El director los recibió en su oficina. A diferencia de Leandro, Toribio se quedó de pie con los brazos cruzados, la mirada fija en el tipo de modos afables, pero al mismo tiempo huidizo y cauteloso. Se presentaron como lo que eran, un amigo cercano y el hermano del "entrañable difunto doctor Alvarado", como dijo el director asumiendo una expresión abatida y estrechándoles la mano a ambos.

—En verdad, todavía no lo puedo creer… un joven tan solícito, eficiente, una persona intachable en el trabajo, y con un futuro por delante… porque el doctor Alvarado hubiera tenido una gran carrera, permítanme que se lo diga, que experiencia la tengo —dijo en tono vagamente teatral el doctor Acuña, director del área donde trabajaba Lázaro.

—Doctor, tampoco nosotros *lo podemos creer* —dijo Leandro— y nos gustaría saber en qué estaba trabajando Lázaro Alvarado antes de… terminar como terminó.

Acuña arqueó las cejas fingiendo sorpresa.

—¿En qué trabajaba? Pues llevaba a cabo sus funciones como lo hacía desde hace dos años. Sobre todo visitas a los barrios populares, se ocupaba de las mujeres embarazadas, de los niños durante el destete, daba primeros auxilios en casos urgentes… Una actividad que lo mantenía ocupado día y noche, porque el doctor Alvarado trabajaba por turnos, pero sé que ponía a disposición su tiempo aun fuera del horario preestablecido.

—¿Y últimamente no notó en él algo anormal? Quiero decir… alguna preocupación, quizá relacionada con el trabajo…

El director examinó a Leandro y se puso rígido de manera casi imperceptible.

—Usted es extranjero, señor…

—Leandro Ragusa. Soy italiano.

—Ah, Italia… espero volver de vacaciones allá el año que viene. Y, dígame, ¿a qué se dedica?

—En realidad, doctor Acuña, le pregunté…

—Precisamente —lo interrumpió el director—. Usted me está haciendo preguntas que ni siquiera la policía me ha hecho. ¿Qué está buscando?

Toribio no había dejado de mirarlo fijamente y Acuña comenzaba a sentirse incómodo con esa especie de vándalo plantado de manera desafiante en medio de su consultorio, silencioso e inquietante.

—Estoy tratando de entender, doctor —dijo Leandro.

—Mire, desafortunadamente no hay mucho qué entender. Cada día, la juventud está perdiendo sus valores, el impulso de los ideales, la fe, todo. El doctor Alvarado era diferente, eso sí, amaba su trabajo y lo realizaba con pasión. Pero probablemente escondía debilidades que yo no pude intuir. Pasa a menudo: un joven profesionista que cede ante el estrés y la soledad y piensa que puede encontrar un par de horas de alivio en una jeringa. Si supiera cuántos llegan así a urgencias… No les pasa sólo a los desesperados, créame.

—En pocas palabras, doctor, ¿usted no tiene nada más que decirme?

Acuña dirigió la mirada hacia Toribio, luego hacia la pared de enfrente, y sacudió la cabeza fingiendo buscar recuerdos útiles.

—Pues, qué puedo decirle… Comprendo su estado de ánimo. No se resignan. Es justo. Pero es demasiado tarde.

—De eso no hay duda —espetó Leandro, comenzando a agitarse. Ese tipo les estaba tomando el pelo. Además de su comportamiento falso, se daba el lujo de ser veladamente arrogante.

—¿Puede por lo menos proporcionarme los nombres de las colonias o las zonas adonde el doctor Alvarado iba a hacer sus visitas?

—¿Y qué van a hacer con ellos? —preguntó Acuña, cada vez menos afable.

—Nos gustaría hablar con quien lo conoció, nada más.

El director asintió con una media sonrisa helada.

—Prácticamente es toda la zona que nos rodea. No tengo direcciones precisas para darle, lo siento.

—Pero deben aparecer en los registros, ¿no?

Acuña lo miró fijamente con abierta hostilidad.

—Usted no está autorizado a verlos. Y la policía ya archivó el caso. Eso es todo.

Se levantó, dando por terminada la conversación.

Leandro le dio un golpecito en el hombro a Toribio, haciéndole señas de irse. El boxeador no se movió ni un milímetro. Y mientras, sin dejar de mirar fijamente a Acuña, dijo entre dientes:

—Ruegue a la Virgen de Guadalupe que yo no me entere de nada que tenga que ver con usted. Porque si descubro que mi hermano acabó así por algún motivo que usted no nos ha querido decir… entonces regresaré a buscarlo, doctor.

—¿Quiere que le recete calmantes, joven? —replicó Acuña, manteniendo el control. Pero detrás del escritorio le temblaban las piernas.

Pararon un taxi. Leandro preguntó cuánto les cobraría por llevarlos hasta la casa, no muy lejos de ahí, e inmediatamente protestó por la tarifa demasiado alta.

—¿De dónde vienes? —le preguntó el taxista.

—Del D.F.

—Ah, entonces están mal acostumbrados. Pero esto es Tijuana, y aquí todo es más caro. ¿Qué le vamos a hacer?

—Vámonos, vámonos.

En el taxi nadie dijo ni pío. Bajaron frente al pequeño condominio en el que había vivido Lázaro y se encaminaron con la cabeza baja, cada quien perdido en sus pensamientos. De repente Leandro se detuvo en medio de la calle:

—¿Por qué chingados le hablaste así? ¿Tenías que amenazarlo?

Toribio resopló, y con las manos en los bolsillos empezó a caminar otra vez.

—Yo también sé que ese hijo de la chingada estaba mintiendo. Era evidente. Pero ahora, ¿qué crees que hará?

—Y tú, ¿qué conseguiste con tus preguntas de persona educada? —le espetó Toribio en voz baja.

—Nada, pero no tenía caso alertarlo. Si no, mejor le hubiéramos preguntado inmediatamente qué sabía de la Unidad Habitacional El Porvenir, y de la gente que estira la pata de leucemia dentro de esas pajareras de cemento, ¿no?

Había un solo catre, que Toribio rechazó, y prefirió extender en el piso una colchoneta que había encontrado en el clóset.

—Mañana temprano vamos a ver ese lugar, los que viven ahí no podrán decir que no conocieron a Lázaro —dijo Leandro, mientras sacaba sus cosas de la mochila. Toribio asintió, sin dejar de tender las sábanas y cobijas.

—Ésta la grabé para tu hermano.

Leandro mostró el casete a Toribio, que se acercó: lo tomó, leyó el nombre y el título, y sonrió. Sólo por un instante, porque de inmediato retomó la expresión sombría de antes. Fue a la repisa, hizo a un lado libros y hojas, todavía más desordenados después de haber hurgado en ellos una buena parte del día, y finalmente encontró la grabadora, un pequeño estéreo portátil. Puso el casete y esperó. La música de "Demasiado corazón" invadió el departamentito.

Cada mañana
estoy quebrado
y por las noches
me despierto
lágrimas en mi cara
abajo de la lluvia
solo con mi orgullo
aferrado a mi dolor
Demasiado corazón
Demasiado corazón…

Toribio deambuló por el pequeño cuarto, moviéndose con pasos lentos y cortos. Luego, abrió el refrigerador y sacó dos cervezas. Le dio una a Leandro, que lo miró de reojo.

—¿Qué haces?, ¿ahora te pones a tomar?

Toribio se encogió de hombros.

—Yo veo sólo una cerveza. Tomar es otra cosa.

—Se lo diré a Pancho —intentó bromear Leandro.

Toribio asintió y se fue a acostar a su rincón, mientras la voz de Willy DeVille seguía contando la desventura que era tener demasiado corazón en un mundo de mierda.

EL BUEN RETIRO

Vista desde un barco en movimiento, la casa incrustada en la parte alta del acantilado debía parecer el último desafío de un arquitecto al que la vida le había dado muchas satisfacciones, que probablemente la había construido para alguna vieja estrella de Hollywood deseosa de soledad y silencio. Las olas del Pacífico rompían contra las rocas con explosiones de espuma blanquísima, que alcanzaba a rozar los pilares de los cimientos en los días de tempestad. Los grandes ventanales estaban prácticamente suspendidos en el vacío, y para mantenerlos limpios de salitre necesitaban la intervención cotidiana de un empleado que, sujeto al aparato diseñado junto con la casa, cada mañana al amanecer cumplía su deber de equilibrista asalariado. De hecho, el profesor Solomon Haverlange se la había comprado a los herederos de un actor, pero de entre sus quince mansiones repartidas por los lugares más atractivos de los Estados Unidos, ésa era la menos frecuentada. La visitaba no más de tres o cuatro veces al año; llegaba en helicóptero al espacio superior para después descender gracias a un audaz elevador que penetraba en las entrañas de la roca. El profesor la llamaba, con su pésima pronunciación del español, *el buen reti-ro**, y la utilizaba únicamente para los encuentros confidenciales. Prácticamente inaccesible para los autos a menos que se dispusiera de un todoterreno potente para atravesar la decena de kilómetros de páramo que la separaba de la calle más cercana, la ermita del profesor garantizaba una discreción absoluta. Los huéspedes ocasionales llegaban con él en su helicóptero, o en el propio. De cualquier modo, sólo un alpinista experto hubiera podido acceder al sitio sin utilizar el elevador. Por tanto, era el lugar ideal para discutir asuntos delicados sin temor a sufrir intromisiones. Un par de años atrás el profesor había tenido que resolver un desagradable inconveniente cuando, en su ausencia, un fotógrafo de una revista conocida se había aventurado hasta ahí para incluirla entre las casas más singulares de la costa californiana. A pesar de las advertencias de los empleados de planta, ese sinvergüenza logró tomar una serie de fotos a riesgo de desbarrancarse, y también otras desde un helicóptero rentado. Haverlange, a quien le habían avisado justo a tiempo, gastó una fortuna para retirar de la imprenta todas las copias ya impresas y "convencer" al editor y director de hacer caso omiso en lo sucesivo. Si su *buen retiro*[*] hubiera acabado bajo la mirada de millones de lectores con todo y el nombre y apellido del propietario, no habría tenido más remedio que ponerlo en venta al día siguiente.

Ese día en el helipuerto había dos helicópteros, ambos de la farmacéutica multinacional para la que trabajaba el profesor. Él y su huésped estaban cómodamente sentados en el sillón, sorbiendo un coñac, con fondo de música sinfónica que se podía disfrutar gracias a la absoluta insonorización del ambiente que mantenía fuera el rugido perenne del Pacífico.

—Créeme, Solomon —estaba diciendo con expresión de pesadumbre el hombre de unos sesenta años, Christian Modish, responsable para América Latina de Northern Treatment Environmental Services, una empresa controlada por la farmacéutica multinacional—, examinamos atentamente las soluciones posibles. Pero la propiedad de esos departamentos se fragmentó, por decirlo de algún modo. Los inversionistas que poseían veinte o treinta departamentos en el transcurso de los últimos tres años los revendieron a pequeños propietarios… el que más tiene no pasa de los tres y por la investigación resulta que tendremos que convencer a unos noventa propietarios de que revendan.

—Y entre ésos, ¿hay algún residente? —preguntó Solomon, calentando en la palma de la mano su copa de coñac que era casi tan grande como una pecera.

Modish emitió una especie de resuello, el comienzo de una carcajada escéptica.

—Bah, yo los he visto, y te puedo asegurar que para vivir ahí se necesita tener muy pocas alternativas. Los propietarios residentes han de ser unos doce. Todos los demás compraron como una pequeña inversión, rentando a precios más bien altos.

—¿Tan deteriorados están? —preguntó Haverlange, manifestando un vago asombro.

—No, no… No se trata de eso. En promedio incluso resultan decentes. El problema es la zona: una desolación deprimente. De por sí las afueras de Tijuana son poco atractivas, pero esos condominios se construyeron en el lugar más desolado que se pueda imaginar. Rodeados de casuchas, escurrimientos de agua infecta y una serie de fábricas de las que salen humores nauseabundos, por decir lo menos… Una zona insalubre donde los que regresamos del otro lado se quedan en busca de un trabajo cualquiera. El proyecto tenía previstos jardines, drenaje adecuado, espacios recreativos… Pero lo dejaron todo así y dudo que se pueda hacer algo.

El profesor se levantó y con expresión pensativa fue a cambiar la música. Eligió Rachmaninov: definitivamente más apto para levantar los ánimos en ese día nublado que convertía al océano en un tétrico derrame de plomo.

—Y si lográramos comprarlos todos, fijando una cifra muy por encima de su valor, ¿qué otros obstáculos habría?

Christian Modish arqueó las cejas, apuró el coñac y dijo en tono decidido:

—De todo tipo, querido Solomon. La idea de transformarla de zona residencial en industrial, es decir, la única que nos permitiría demoler y construir otra cosa, es irrealizable. Aun si lográramos convencer a las autoridades, haría falta desalojar a miles de personas, primero a las de los condominios y después a las de las casuchas. Imagínate... desataría una insurrección. Sondeé el terreno y te aseguro que es imposible. Son muchísimos esos pinches mexicanos. Tendríamos que construir otra colonia para reubicarlos a todos. Y para entonces la operación ya no tendría ninguna lógica comercial.

—Aquí la lógica comercial no tiene nada que ver —dijo Haverlange, observando el horizonte más allá del ventanal; las gaviotas, con el mal tiempo, se quedaban en sus refugios sobre el risco y ése era el único aspecto positivo de esa jornada tediosa: con sol, hubieran hecho un escándalo frente a los vidrios, defecando por doquier. Todo por culpa de un criado que las había acostumbrado a comer sobras y alimentos caducos.

—Lo sé muy bien —respondió Modish—. Pero no podemos ignorarla a ese grado porque muchos se preguntarían qué demonios hay debajo.

—Y atraeríamos a otros metiches —sentenció melancólicamente el profesor Haverlange—. Tienes razón, Chris. No tenemos opción.

Modish miró el reloj y se levantó de golpe, diciendo:

—Me imaginaba que no ibas a tener dificultades para resolver el problema que me señalaste el mes pasado…

—Ninguna dificultad —lo interrumpió el otro—. Pero ahora parece que hay una nueva complicación. Me lo comunicaron justo ayer. Y antes de tomar una decisión, quería consultarlo contigo.

Los dos hombres se miraron a los ojos. Modish, en tono distante, agregó:

—Las cosas están como te las acabo de describir. El único camino posible es el que ya emprendiste.

Solomon Haverlange asintió, en silencio.

Se dieron la mano, ambos con una prisa repentina. El señor de la casa acompañó al huésped al elevador y este último subió al helipuerto, donde el helicóptero ya había arrancado el rotor.

Haverlange oprimió un botón en el escritorio y pocos segundos después entró uno de los hombres de seguridad.

—¿Estás en contacto por radio?

—Sí, profesor. Se espera el aterrizaje en quince minutos.

En ese momento, el helicóptero de Modish aceleró sobre el mar y viró hacia el sur. Haverlange ordenó:

—Comunica que los estoy esperando. Tienen vía libre.

—Sí, señor.

Veinte minutos después, el profesor discutía con dos hombres, la segunda visita del día. Uno andaba en los cuarenta, serio y taciturno, rostro demacrado y mirada cortante, traje oscuro bastante pasado de moda, un aspecto que de no ser por la corbata resultaría decididamente lúgubre: se llamaba Leonard Stanley. El otro, Dan Coldwell, tenía treinta años, actitud de ganador y feliz de serlo, elegante y desenvuelto, aire relajado con rostro de héroe de serie televisiva.

—Mañana estarán en Tijuana. Ésta es la zona afectada por nuestro problema —dijo Haverlange, señalando sobre un mapa un punto de la periferia sureste—. Memorícenla y no hagan ninguna marca. Antes, irán a hablar con este tipo —y mostró una foto del doctor Acuña—. Llamó a nuestro contacto en San Diego, parece que hay dos intrusos que hacen preguntas. Por ahora se limitarán a investigar. Se comunicarán sólo conmigo, al número que conocen. Según el desarrollo de la situación, les diré cómo actuar.

Stanley asintió, Coldwell dijo:

—Si entendí bien, Bart Croce está fuera de la jugada.

Haverlange lo miró de arriba abajo gélidamente.

—Sí, entendiste bien. Pero no pierdas tiempo en buscarle la cuadratura al círculo. Bart está… digamos que está muy cansado. Quizá lo único que necesita es estar solo, de cualquier modo, por ahora está exonerado del encargo. Formalmente, sigue siendo el responsable de la seguridad, por lo tanto es su superior, pero de hecho no está en funciones. Últimamente se está comportando de una manera bastante singular, tiene reacciones imprevisibles… en fin, lo mandé de vacaciones por un periodo indeterminado.

Stanley tomó aliento y se decidió a decir:

—Trabajo con el capitán Croce desde hace años. ¿Cómo debo comportarme si se aparece?

Haverlange agitó la cabeza:

—Bart no sabe nada de esta segunda fase. Y teniendo en cuenta que ni tú ni él son de la clase de personas que mantiene relaciones de amistad, no veo por qué habría de aparecerse. En todo caso, esta noche se quedarán en la casa de la compañía en Glendale, después de eso… sólo regresarán aquí cuando el trabajo esté hecho.

CONDOMINIO EL PORVENIR

Las naves de las *maquiladoras** tenían un aspecto lúgubre. No tanto por el gris casi uniforme y los vapores y el humo que se alzaban lentamente en la llanura polvorosa, cuanto por la ausencia de ventanas: miles de seres humanos se hacinaban en aquellas bajas y largas cajas de cemento y lámina sin poder lanzar una mirada hacia afuera, y desde el exterior era imposible intuir las condiciones degradantes de su trabajo. El término deriva, quién sabe cómo, del árabe *makíla*, que era la cuota en grano que se le daba al propietario del molino por el uso de la muela. Las *maquiladoras** dependen o pertenecen casi todas a industrias estadounidenses o asiáticas; en ellas se ensamblan máquinas y aparatos electrónicos, se producen telas sintéticas o sustancias químicas altamente nocivas, cuyo tratamiento, en los países de alto desarrollo tecnológico, requiere considerables costos para la seguridad: en México, más allá de la cómoda cercanía con Estados Unidos, se burlan las severas leyes vigentes en las naciones de los "inversionistas" a cambio de anhelados puestos de trabajo. El sistema de la *maquila** ha hecho retroceder un siglo, o incluso dos, las condiciones de los obreros, que reciben pagos de cinco o seis dólares al día por diez o doce horas de trabajo y que son rápidamente despedidos con tan sólo mencionar la palabra *sindicato**. Además, la contaminación que deriva de las *maquiladoras** es espantosa: todas las zonas en las que surgen las instalaciones han sufrido terribles desastres ambientales. Entre las consecuencias devastadoras, Tijuana ocupa también el trágico primer lugar de niños afectados por anencefalia: a causa de las sustancias químicas inhaladas o absorbidas por las madres, nacen sin masa cerebral. Las multinacionales han tomado precauciones: despiden a las obreras embarazadas y obligan a las recién contratadas a someterse a una prueba de embarazo.

La zona industrial que Leandro y Toribio estaban atravesando se llamaba Mesa de Otay. Los "condenados de la *maquila**" intentaban con todas sus fuerzas dar cierta dignidad a las chozas construidas con materiales de desecho, pero el panorama no era diferente del de las fábricas circundantes: los riachuelos y arroyuelos formados por los desechos industriales inundaban las calles y hasta algunos cuartos, el polvo se convertía en lodo, los solventes y los aceites minerales flotaban con reflejos iridiscentes y el humo aleteaba en el aire mezclándose con los vapores que exhalaba la tierra calcinada por el sol.

—¿Ya extrañas Tepito? —preguntó Leandro. Toribio no respondió.

En comparación con el resto, los tres edificios del condominio El Porvenir parecían codiciadas residencias para la clase media. Surgían en los márgenes de la Mesa de Otay, pero no lo suficientemente lejos de las omnipresentes *maquiladoras**. Los patios de cemento alojaban campos de básquet y lo que parecían jardines, aunque los pocos árboles y arbustos parecían enclenques y próximos a la rendición: en el fondo, se nutrían de lluvias ácidas y aire mefítico, la sola presencia de hojas de un verde grisáceo era un milagro. Leandro sacó de la mochila la cámara y una desgastada chamarra de fotógrafo, que sólo usaba cuando la situación requería el "uniforme" de operador, y se pegó en el pecho un vistoso adhesivo de una televisión canadiense, que tenía guardado desde hacía al menos dos años. Le pasó a Toribio un foco, diciendo:

—Esto se llama *spot* y tú eres el técnico de iluminación.

—¿En qué idioma hablas?

—En el de uno que está representando su papel. Tú tienes que hacer lo mismo.

Toribio resopló, perplejo. Leandro agregó:

—La videocámara te pone en una posición de poder. No tienes idea de cuánto influye en la gente. El solo hecho de estar detrás de la lente te confiere automáticamente algo de autoridad. Sí, es una pendejada. Pero así es esto.

Toribio sopesó el foco con la mano y dijo:

—Con todo este sol…

—Claro, pero algo tienes que hacer, ¿no? Eres el asistente de cámara del equipo, los demás se quedaron en la ciudad con la segunda unidad, y estamos trabajando en un documental para un noticiero canadiense, es más, digamos que para un canal satelital, eso apantalla más. Y de cualquier modo, también voy a grabar el interior de algunos departamentos, si nos lo permiten, así podrás ser útil encendiendo esa cosa que estás agarrando como si fuera caca seca.

Toribio olió el reflector, haciendo una mueca. Luego siguió a Leandro hacia las viviendas amarillentas, con la pared descarapelada en varias partes.

Los primeros niños se acercaron riendo para vencer la timidez, otros llegaron por curiosidad. Leandro apretó el botón.

Plano total de edificio. Panorámica de ciento ochenta grados… maquiladoras*, *humo en el cielo, a lo lejos la ciudad… acerca los*

95

detalles: perro que atraviesa un charco negro, abre en las barracas, acerca a una mujer recargada en una valla… Primer plano lámina publicitaria usada como pared exterior: "Mejor mejora Mejoral*"… Abre al patio del condominio… Niño: primerísimo plano sonrisa… ojos oscuros, cabello brilloso, dulzura de los rasgos indígenas… Rostro niña que se esconde, huye… zoom a perro que la persigue…

Llegaron al patio rodeados por un montón de niños que gritaban. Una señora sentada en una valla los miraba fijamente. Leandro la saludó cortésmente:

—Venimos de parte del doctor Alvarado, para realizar un documental sobre los problemas de esta zona. ¿Usted lo conoce? El doctor Lázaro Alvarado, del *Seguro Social**…

La mujer siguió mirándolo fijamente, cada vez más desconfiada. Luego murmuró:

—¿Y por qué el doctor Alvarado les dijo que vinieran aquí?

—Este… por la investigación que estaba haciendo sobre estos condominios. Si usted lo conoce, debería saberlo.

La señora se levantó y fue a llamar a alguien que estaba en la escalera. Se oyó una voz de respuesta, luego otras que confabulaban, voces masculinas y femeninas, hasta que apareció un tipo gordo, como de sesenta años, apoyado en un bastón, con la pierna izquierda inservible y una larga cicatriz en la frente.

—¿Qué quieren de nosotros? —preguntó en un tono nada agresivo, casi melancólico, mientras entrecerraba los ojos ante la luz del sol.

—¿Usted conoce al doctor Alvarado? —preguntó Leandro.

El hombre asintió. Intervino Toribio, que contó una parte de la historia del documental y les aseguró que el doctor Alvarado era un querido amigo suyo y que los había llamado para entrevistar a los habitantes de esos edificios.

—Ah, usted es mexicano —dijo el tipo gordo, ya más tranquilo, y luego, se dirigió a Leandro—: Por favor, ¿podría apagar esa *cosa**?

Leandro bajó el brazo, sujetando la Sony por el costado. El hombre los invitó a seguirlo con un ademán.

Desde el otro lado de la explanada de cemento, un joven encaramado en una vieja moto Carabela había dejado de platicar con un par de coetáneos para observar los movimientos de los dos "operadores". Cuando los vio desaparecer en el interior de la primera manzana, dio un pedalazo y arrancó a toda máquina. Recorrió unos pocos cientos de metros, hasta el teléfono público de una miscelánea.

Leandro y Toribio fueron conducidos a un pequeño departamento en el sexto piso. El hombre del bastón, que se presentó como Justo Camarena, los hizo pasar a un cuarto en el que tres mujeres, su esposa y sus hijas, estaban armando juguetes de plástico: cajas y partes de cochecitos, avioncitos y barquitos invadían todos los espacios, incluidos los catres y la mesa de la cocina. La esposa se levantó para preparar café, Leandro intentó rechazarlo, pero Toribio le agradeció a la mujer y le lanzó una mirada al italiano como para decirle que se dejara de tantas cortesías. Al principio hubo cierta incomodidad: Leandro no sabía bien qué preguntar y hasta qué punto descubrirse, mientras don Justo los escrutaba a ambos esperando entender. Después de un rato, preguntó:

—¿Y por qué el doctor Alvarado no vino con ustedes?

Silencio. Intercambio de miradas. Después Toribio apoyó los brazos en la mesa, acercándose al hombre:

—Era mi hermano. Estaba indagando las causas de la *enfermedad*. Porque aquí, en estos edificios, han muerto varias personas, y otras para allá van. Usted ya había hablado de esto con Lázaro, ¿verdad? ¿Qué le dijo?

Don Justo siguió mirándolo fijamente sin parpadear. También la esposa, con la bandeja en las manos, se había quedado quieta en el centro del cuarto.

—¿Por qué dijo… *era*? ¿Qué le pasó a su hermano?

—Lo mataron —murmuró Toribio.

—Nosotros estamos convencidos de que lo asesinaron —intervino Leandro—, pero la versión oficial obviamente es otra.

—¿Y cuál es? —preguntó don Justo, con los músculos del rostro contraídos. La cicatriz de la frente parecía más oscura, morada.

—Quieren hacernos creer que murió por drogas —respondió Toribio—. Pero no es cierto. Y vine aquí para averiguarlo. ¿Quiere ayudarme, don Justo?

La última frase la había pronunciado con la voz quebrada, casi suplicando. El hombre lanzó un profundo suspiro, y se levantó.

—Vengan…

Abrió la puerta que llevaba a la recámara. Más juguetes, más catres. Acostada en uno de éstos estaba una niña de siete u ocho años. Pálida, la piel del rostro diáfana, venas azuladas en las sienes, los brazos delgados abandonados sobre la cobija, miró primero a don Justo y luego a los dos extraños.

—¿Ya te despertaste, *corazoncito**? —preguntó acariciándole el cabello y cambiando de repente la expresión amenazadora por una ternura infinita.

—Sí, abuelito —respondió la niña—. Volví a soñar feo…

El abuelo se agachó a besarle la frente.

—Quédate tranquila, tu mamá va a regresar en la tarde y nosotros estamos en el otro cuarto, no tengas miedo. Ahorita te traigo la medicina, vas a ver que en unos días regresamos al río con tu bicicleta… pero tienes que descansar y tomarte la medicina, como te dijo el doctor.

La niña hizo una débil mueca, mas no protestó. Don Justo, dándole la espalda, se puso serio de repente, y les dirigió a los otros dos una mirada indescifrable. Regresaron al cuarto, dejando la puerta abierta. Tomaron un primer sorbo de café, luego don Justo habló en voz baja para que no los oyera su nietecita:

—El doctor… su hermano, también la había revisado hace un par de semanas. Lo estábamos esperando, tenía que pasar antier… para darnos otra orden de internamiento. Sería la quinta. En el hospital le aplican unos piquetes que la dejan sin fuerzas, y sufre mucho… sólo él, el doctor Alvarado, lograba convencerla… Sabía tratar a los niños…

El hombre dio un manotazo en la mesa, deteniéndose en el último momento para no hacer demasiado ruido.

—Y ahora ustedes me dicen que está muerto…

—Lo asesinaron —lo corrigió Toribio.

—¿Y qué esperan de nosotros? —preguntó don Justo, desconsolado.

—Que nos ayuden a entender qué había descubierto aquí su doctor —dijo Leandro.

El hombre miró fijamente a su mujer, que respondió con un gesto de asentimiento casi imperceptible.

—Pero tienen que darme su palabra de que ninguno de nosotros estará involucrado —murmuró dirigiéndose a Leandro—. Si quiere grabar, hágalo afuera, pero no en mi casa, y nada de nombres. ¿De acuerdo?

Los dos aceptaron.

—Miren… desde que el doctor Alvarado empezó a hacer todas esas preguntas, llenando tablas y grabando entrevistas, de repente llegaron unos tipos… gente que envió, según ellos, una organización sanitaria extranjera… pero son mexicanos, y no tienen pinta de funcionarios sino de *matones**, quizás expolicías, o qué sé yo, lo que sea… hasta ahora todo ha sido por las buenas. A cada familia que tiene un enfermo le pasan una especie de pensión mensual. No es gran cosa, pero para gente como nosotros es mucho. Y una discreta cantidad a los parientes de los muertos.

—¿También ustedes reciben ese dinero? —preguntó Leandro.

—Pues… sí, y nos sirve para las medicinas de la niña… su madre, o sea, mi hija, trabaja en una *maquiladora** aquí cerca y le pagan una miseria… yo… ya ven cómo estoy. Por suerte tenemos el trabajo a destajo con los juguetes. Y la renta aquí es bastante cara. Con ese dinero podemos seguir aquí, de otro modo, ahorita estaríamos en una casucha allá afuera…

—Pero el motivo de que haya tantas personas enfermas —insistió Leandro—, ¿nunca se lo han preguntado? Y el doctor, ¿qué decía?

Don Justo hizo un vago ademán, de resignación e impotencia.

—En esta zona hay muchos enfermos… niños, sobre todo. Dicen que es por culpa de la contaminación… pero ¿qué podemos hacer nosotros? O es así, o no hay trabajo. Pero… el doctor Alvarado parecía convencido de que algunas enfermedades de la sangre podían estar relacionadas con algo específico… Me decía que no se lo dijera a nadie, que pronto nos lo explicaría. Yo… no sé a qué se refería.

Las otras dos hijas seguían la conversación con miradas apren-
sivas, sin dejar de armar juguetes con movimientos mecánicos.
Su mujer, sirviendo más café, dijo:

—Muchos apreciaban al doctor. Pero tienen que entender. Ésos pagan, y de todos modos, si uno se negara a callarse
e involucrara a extraños, me temo que serían capaces de recu-
rrir a otros métodos.

Leandro siguió haciendo preguntas, pero sin obtener resultados. Por lo demás, era comprensible que Lázaro no les hubiera
revelado sus sospechas a los habitantes del condominio. Esperaba la ayuda de una videocámara a la cual confiarle quién sabe
qué denuncia… Como confirmación de lo que estaba escrito en
la carta, don Justo agregó que el doctor le había prometido una
buena recompensa a quienquiera que hubiera aceptado contar
las mismas cosas en televisión.

—Por eso confié en ustedes —explicó don Justo—. Pero si
es verdad que lo asesinaron… ¿entienden, no? ¿Cómo podemos meternos con gente así?

Toribio se levantó bruscamente.

—¡Fue por ayudarlos a ustedes que lo mataron!

El hombre y la mujer lo miraron apesadumbrados. Ella se
decidió a contarle:

—Yo vengo de un pueblo de la Sierra de Guerrero. Hace
veinte años las *guardias blancas** de los latifundistas les dispara-
ron a mi padre y a mi hermano. Luego nos quemaron la casa. Mi
madre ya había muerto de una infección porque no había medicinas ni médicos. Justo también estaba en la lista, había ocupado
un terreno abandonado. Primero nos fuimos al D.F., con nuestras hijas. Las casas eran demasiado caras, y vender *chicles** en las
estaciones del Metro no alcanzaba ni para quitarnos el hambre.

Justo apenas encontraba uno que otro trabajo, por lo que decidió venir aquí. Los gringos siempre necesitan trabajadores, y Justo lo intentó. Les pidió dinero prestado a sus parientes, le pagó a un *coyote**, pero… mientras atravesaban el desierto, la policía gringa los persiguió y la camioneta acabó en un barranco, lo hicieron a propósito… Y Justo se encontró de nuevo de este lado de la frontera, con una pierna hecha pedazos y muchos puntos en la cabeza… Aquí, con las *maquiladoras**, algo encontramos. Trabajando día y noche pudimos permitirnos un departamento. Luego… mi nieta se enfermó, y no sé si ésta es la voluntad de Dios, pero nuestra vida siempre ha sido así: luchar con uñas y dientes contra todo. ¿Qué más quieren que les diga? ¿Que somos unos cobardes porque aceptamos dinero sin siquiera saber por qué nos lo dan? Sabemos muy bien que si nos pagan es para tapar algo podrido. Ahora llegan ustedes y nos dicen que el doctor fue asesinado. Pero no siempre puede ser nuestra culpa.

Toribio, cabizbajo, se mordía el labio y miraba el catre más allá de la puerta.

La mujer de don Justo los acompañó con otros inquilinos. Algunos no dijeron nada, otros se mostraron muy impresionados por la muerte del doctor Alvarado, pero nadie agregó gran cosa: sí, sabían que estaba buscando algo, habían respondido a sus interminables preguntas, pero nada más. Al salir, a Leandro y Toribio los acompañó una pequeña muchedumbre muda que se detuvo frente al portón del condominio, como si hubiera un límite infranqueable. "Quizá tenían miedo de que los vieran junto con estos dos metiches", pensó Leandro. Guardó la Sony, desanimado. Se fueron lentamente, atravesando el patio. Los niños, esta vez, se mantuvieron alejados.

—¿Y ahora? —preguntó Leandro.

—Nada —estalló Toribio—. Estamos en la misma mierda que antes.

Los tres tipos estaban arriba de los cinco escalones que separaban el piso de cemento de la calle. Parecía que los esperaban justamente a ellos.

—Creo que respecto a antes —murmuró Leandro— nos metimos un poquito más en la mierda…

Toribio hizo como si no pasara nada, pero tensó los músculos, listo para saltar.

—¿Vamos por otro lado? —preguntó Leandro.

—No.

Los tres sonrieron teatralmente. Todos andaban por los treinta; chamarras y jeans de marca, botines relucientes, cabello corto, con la pinta de quien se embolsa dinero fácilmente. Detrás de ellos, un Cougar metalizado nuevo y recién lavado, con las portezuelas abiertas.

—Hola —exclamó el que seguramente era el jefe—. ¿Son de la televisión?

Leandro devolvió la sonrisa, asintió mostrando una expresión idiota, dijo:

—Así es… de la televisión canadiense. Vía satélite.

—Uyuyuy… ¡vía satélite! —repitió el otro, intercambiando miradas de falsa admiración con sus dos compinches, que a su vez demostraron un entusiasmo exagerado—. ¿Y qué hay ahí que sea tan interesante…? —y señaló los tres edificios agitando el pulgar.

—Oh, nada —respondió Leandro, intentando rodear la barrera—, nosotros vamos por ahí entrevistando gente. Ya saben… para los documentales sobre las zonas fronterizas.

El tipo lo agarró por el hombro, Leandro miró fijamente la mano y luego a él, que sin dejar de sonreír exageradamente agregó:

—Hablas bien nuestro idioma, para ser canadiense.

—No, soy italiano, y de todos modos, en este oficio, hay que aprender muchas cosas. Ahora, si no les molesta…

Uno de los dos tipos tomó un six pack del auto y detuvo a Leandro ofreciéndole una lata:

—¿Te tomas una chela con nosotros, amigo italiano?

—No, gracias de todos modos, tengo que correr al estudio, me espera el resto del equipo para ver lo que grabé hoy…

—¿Y cuántos son? —preguntó el jefe.

—Una docena. Bueno, ya tenemos que despedirnos…

El que tenía la cerveza en la mano se movió como rayo: aplastó la lata en la sien derecha de Leandro, derribándolo de los escalones en una explosión de espuma. Toribio arrancó con un derechazo contra el plexo solar, el tipo se desplomó abriendo completamente la boca; el que daba órdenes se hizo a un lado, el tercero intentó darle una patada en la cara al joven boxeador, que lo esquivó y lo masacró con una descarga de ganchos de derecha y de izquierda al rostro, rapidísimos. Luego giró sobre sí mismo, pero se detuvo: el único sobreviviente le apuntaba con una 357 de cañón corto.

—Muy bien, eres rápido. Intenta conmigo que me voy a cagar de risa.

Toribio resoplaba como un toro antes de embestir. Leandro, levantándose medio atontado, gritó:

—¡Detente, por Dios! Y tú, si querías saber algo, ¿por qué no me lo preguntaste?

—Súbanse al coche. Tenemos que hablar.

Manteniéndose a distancia, encañonaba ora a Toribio, ora a Leandro. Mirando fijamente a Toribio, le ladró:

—Tú, pinche indio, pon las manos en el cofre o te vuelo los sesos.

Toribio no se movió. Leandro avanzó dos pasos, pero se detuvo en el primer escalón.

—¿Qué quieres? ¿Quién te manda? Mira, para que te quede claro, si nos tocas te meterás en un montón de problemas.

—Cállate, payaso. Si tú eres de la televisión canadiense, también mis güevos. Súbete al coche, apúrate.

En el patio, decenas de personas avanzaban lentamente. Mujeres en su mayoría. Una agarró una piedra y la lanzó. Le pegó al Cougar. Al tipo se le desorbitaron los ojos, fijos por un instante en la abolladura del costado del auto. Luego le apuntó a la mujer con la 357. Toribio insinuó un paso, el otro volvió a apuntarle, una segunda piedra le dio a la ventanilla, haciéndola añicos.

—Pinches putas, ¿se volvieron locas?

Más piedras, una de las cuales rebotó en la rótula del matón, que gritó más de rabia que de dolor y disparó al aire. Un estruendo tan fuerte que se oyó el eco. Pero las mujeres no se detuvieron. Ahora estaban alrededor de Leandro, una más anciana lo hizo a un lado y se plantó frente al tipo, que alargó el brazo poniéndole el cañón a pocos centímetros de la cara. La señora, ignorando el arma, dijo en voz alta, con una calma absurda:

—Cómo se ve que no tuviste madre. Me das lástima, no eres más que un desgraciado, y vas a acabar muy mal. Lárgate y ya no regreses.

—Yo sí te mato, vieja puta.

La mujer se subió a un escalón. La multitud aumentaba, de los edificios también llegaban niños, algunos traían palos y tubos de fierro. El hombre de la pistola levantó el cañón, gritó otras amenazas, pero la mujer, tranquila, se le paró enfrente, moviendo la cabeza hacia atrás en señal de desafío. Leandro, que sangraba de la sien, tomó la videocámara y comenzó a grabar.

—¡¿Qué chingados haces?! —gritó el pistolero, dirigiendo la mirada hacia él. La mujer se puso entre Leandro y el arma. Toribio estaba listo para saltar. Pasando detrás del auto, algunos chicos habían rodeado al grupo. El tipo, impresionado, empezó a retroceder. Sus dos amigos se estaban recuperando con trabajo, medio aturdidos. Cuando su jefe se puso al volante, sosteniendo la 357 fuera del coche, Toribio agarró por el cinturón a uno de los dos y lo arrojó al asiento de al lado, luego hizo lo mismo con el segundo, aventándolo por la ventanilla trasera, la rota. El Cougar partió en una nube de polvo, seguido por piedras, palos y trancas, que rebotaban en la carrocería.

Leandro había grabado la escena. La mujer de don Justo lo convenció de que volviera a entrar un momento para que le desinfectaran la herida. Las demás personas se dispersaron rápidamente. Mientras la señora Camarena taponaba el pequeño corte en la sien, Leandro, entre una punzada y otra, murmuró:

—Gracias… no sé qué decir, yo…

—No diga nada —lo interrumpió don Justo— y escúcheme: ésos son los mismos que entregan el dinero. Nosotros aquí vivimos. Mal, es cierto, pero es menos peor que acabar en las chozas. Usted se va a ir con su peliculita a denunciar ante el mundo el asco que da nuestra vida. Pero al mundo le vale madres. Y nosotros, mientras tanto, tendremos que seguir tratando con tipos como esos tres.

Toribio, que seguía sobándose los nudillos, preguntó:

—¿Qué van a hacer cuando regresen esos tipos?

—Depende —respondió don Justo, levantando los hombros—. Si quieren darle una lección a alguien, sabremos defendernos. Pero creo que si ustedes no se aparecen por estos lares, no va a pasar nada. Les conviene que todo siga como antes. Como siempre.

DISPOSICIÓN FINAL

Leonard Stanley y Dan Coldwell siguieron los acontecimientos con los binoculares. Se habían plantado a varios cientos de metros del condominio El Porvenir, sentados en una potente todoterreno Chevrolet Blazer. Una vez que el Cougar con los tres se alejó de la escena, Stanley llamó al profesor Haverlange al celular, para explicarle brevemente lo que había pasado. Hablaron recurriendo a términos acordados con anterioridad, no era precisamente un código, sólo una precaución adicional, aunque esa línea estaba encriptada por sistemas de seguridad electrónica casi inviolables. Haverlange reflexionó unos segundos, luego ordenó quitar los desechos del terreno, devolviendo todo al máximo orden y limpieza. Una "disposición final total".

Stanley y Coldwell se dirigieron a un famoso restaurante japonés de Tijuana. Allí se encontrarían con Hugo Herz Hernández, un rico hombre de negocios mexicano con distintos intereses económicos en el país y notables cuentas en bancos estadounidenses con sede en las Bahamas. "HHH" o *Triple Hache**, como lo llamaban en el medio, era también propietario de una empresa que se encargaba del almacenaje de materiales altamente contaminantes; la palabra *disposición* obviamente resaltaba en la declaración de propósitos de la empresa, pero a él siempre le daban ganas de reírse, si tenía que pronunciarla. HHH, cuarenta y seis años, eterno bronceado, con traje Versace de cinco mil dólares, camisa confeccionada por un sastre de Roma, adonde se dirigía personalmente una vez al año para llevarse la colección entera, estaba sentado a la mesa en un rincón con una mujer joven, muy hermosa, pero de atractivo discreto y gestos mesurados: Hugo odiaba la vulgaridad. Cuando vio entrar a los dos hombres, se disculpó con ella y fue a recibirlos y los acompañó a la barra para ofrecerles un aperitivo.

—Doctor Herz —dijo Leonard Stanley—, los tres individuos que trabajan para usted crearon otros problemas. No es la primera vez, pero será la última. El profesor nos encargó restablecer la paz.

Herz sonrió, fijando la mirada en los ojos de Stanley y luego en los de Coldwell.

—¿Y la *paz*, cómo piensan restablecerla? —preguntó con tono ligeramente provocativo. Dan Coldwell respondió:

—Usted no debe preocuparse por esto. Nosotros sabemos qué hacer.

—Encárguese de reemplazarlos —agregó Stanley—. Y escoja a alguien con nervios de acero, evite dejar encargos delicados en manos de pillos.

Herz se paralizó. No abandonaba su sonrisa afable, pero los rasgos de su rostro evidenciaban su deseo de reaccionar.

—Mis hombres no son pillos callejeros —siseó entre dientes—. Por lo demás, si hasta yo empiezo a cansarme de todo el asunto, puedo imaginar qué tan difícil es para esos tres aguantar…

—Si está cansado váyase a descansar a un lugar tranquilo —lo increpó Stanley con una mirada fría—. El profesor ya le regaló mucho de su tiempo, no le haga perder más.

Herz metió las manos en los bolsillos de los pantalones, miró de arriba abajo a ambos, atenuando su sonrisa, dijo:

—¿No les parece que exageran? ¿Con quién creen que están tratando?

Coldwell estaba a punto de intervenir, pero Stanley lo fulminó con la mirada. Luego se acercó al empresario y murmuró, en tono neutro:

—Usted, doctor Herz, resultó ser una pésima inversión para la compañía. No estire más la cuerda. Déjenoslo a nosotros y disfrute la vida.

Herz, apenado, se alisó una arruga invisible del saco, se acomodó la corbata, de por sí impecable, y asintió, rindiéndose. Stanley continuó:

—Deles una cita a esos tres en la bodega número 7, usted sabe bien en dónde se encuentra, y haga que todos vayan.

—¿Cuándo?

—Ahora.

Herz, visiblemente confundido, sacó el celular del bolsillo y marcó un número.

El Cougar atravesó la vasta plaza atascada de chatarra y botes, y se metió en la nave número 7. Guacho, el jefe del trío, ya había hecho que se sustituyera el vidrio destrozado y el cristal agrietado por una pedrada. Pero no soportaba la vista de todas esas abolladuras y raspones, y si el doctor Herz no hubiera sido tan apremiante habría tratado de cambiar la cita, puesto que ya tenía una con la concesionaria para que el coche quedara como nuevo. Convencido de tener que dar explicaciones sobre el incidente de la tarde, se había preparado el discurso que le daría al doctor Herz, esperando que le autorizara darles una lección a esos pordioseros…

111

Perico estaba sentado a su lado y Getulio atrás de él; ambos aún estaban maltrechos y furiosos por la paliza que se llevaron sin siquiera entender cómo: el primero permanecía encorvado en el intento de aligerar la presión del hematoma en el centro del pecho, mientras que el segundo estaba hecho un desastre: hinchado, un ojo cerrado, el labio superior partido y tres dientes menos. Bajaron del auto con evidente esfuerzo. Guacho miró alrededor. Vio la silueta oscura y maciza de un todoterreno al fondo de la nave. Quedó deslumbrado por los faros y, protegiéndose los ojos con una mano, dijo en voz alta:

—Señor Herz, somos nosotros...

—Acérquense. El señor Herz los espera en el auto —respondió una voz, en un español nasal y arrastrado, inconfundiblemente gringa.

Los tres, perplejos, dieron algunos pasos. Guacho estaba repasando mentalmente la llamada de Herz: era él, sin duda, y la nave pertenecía a su empresa... pero esa situación no le gustaba. Con la mano en la cacha de la 357 fajada en el cinturón, caminó apartándose ligeramente de los otros dos. La primera bala le dio a Getulio en el pómulo derecho y lo arrojó hacia atrás. La segunda alcanzó a Perico en el abdomen. Coldwell disparaba con una Heckler & Koch calibre .9 dotada de un largo silenciador. Stanley, que los tenía en la mira con una Combat Commander empuñada con ambas manos, intentó alejarlos del auto para evitar que algún proyectil lo alcanzara. Guacho saltó como un felino, rodando y disparando al mismo tiempo. Coldwell tiró dos balazos, que no dieron en el blanco. Stanley, tumbado en el suelo, esperaba: en esa nave podían hacer todo el ruido necesario, pero él hubiera preferido un trabajo sin estruendo. Guacho disparó nuevamente, levantándose y corriendo hacia la salida. Coldwell cambió el selector a ráfaga y barrió el campo cortándole el paso: Guacho cayó al suelo, con ambas piernas destrozadas. El último cartucho lo disparó a los faros, sin darles. Luego, dos o tres *clic* resonaron en el silencio. Stanley avanzó rápidamente: con un pie bloqueó la mano de Guacho, obligándolo a soltar el enorme revólver.

—¿Quiénes son…? ¿Dónde está Herz? —murmuró Guacho, contrayendo los músculos de la cara.

—El señor Herz tenía un compromiso con las putas —dijo Coldwell, sonriendo divertido. Luego acercó la boca del silenciador a la garganta de Guacho y disparó. Pero se le había olvidado lo del tiro a ráfaga. Los chorros de sangre mancharon el dobladillo de los pantalones de Stanley, que gruñó:

—Imbécil. Mira qué porquería, ahora nos toca limpiar todo. Pendejo.

Coldwell no le dio importancia. Se encogió de hombros, cambiando el cargador y moviendo el selector a disparo único. Stanley abrió la cajuela, sacó un cautín, levantó el cofre del motor, conectó las pinzas a la batería y puso en marcha el motor. Coldwell, mientras tanto, arrastraba los cadáveres hacia un conjunto de botes vacíos. Stanley lo ayudó a meter los cuerpos en tres tambos sin dejar de maldecir por el exceso de sangre esparcida alrededor. Cuando aplastaron a Perico para meterlo, una tarea ligeramente más difícil ya que era gordito y pesado, Coldwell percibió un débil gemido, y dijo tranquilo:

—Aún está vivo. ¿Qué hacemos?

Stanley ni siquiera se molestó en responder. Puso la tapa, le dio un par de trancazos encima, y le hizo una seña a Coldwell, que se fue a sentar al volante y apretó delicadamente el acelerador. Stanley empezó a soldar las tapas, protegiéndose la vista con lentes oscuros. En un par de ocasiones levantó la mano, para indicarle a Coldwell que aumentara las revoluciones, hasta alcanzar el nivel de electricidad adecuado. Un cuarto de hora después, los dos rodaban los botes hasta una superficie de contenedores idénticos, que llevaban la inscripción en español y en inglés: DESECHOS QUÍMICOS. MANEJAR CON CUIDADO.

Encontraron un montón de arena a poca distancia de la entrada, y usando las pequeñas palas plegables que el previsor Stanley tenía en el auto, recubrieron la sangre y la confundieron con las manchas de grasa y aceite. Luego, Stanley tomó la linterna y escrutó atentamente el Cougar; una sola bala de Coldwell había rayado la defensa delantera: nada grave, después de caer de un peñasco en pleno desierto, ningún investigador hubiera reconocido jamás esa huella.

Stanley avanzaba con la Blazer, escuchando el canal de la policía para evitar posibles retenes u otros imprevistos y Coldwell lo seguía manejando el Cougar.

Cuando pasó frente al guardia, Stanley le dio un billete de veinte pesos. El hombre lo tomó mientras seguía mirando a la nada más allá de la cerca. De todos modos, Hugo Herz Hernández le daba un salario para no ver lo que entraba y salía, más que para mantener a raya a improbables ladrones de desechos contaminantes.

Cuando los dos autos enfilaron al camino que conducía al desierto, Bart Croce, sentado en su Pontiac, asintió esbozando una mueca indescifrable: pensaba que la compañía no lo haría a un lado tan fácilmente…

ADELITA

En el extremo opuesto de Tijuana está Tapachula. Frontera norte, frontera sur. Tapachula es lo opuesto en todos los sentidos: acogedora, discreta, coloreada más por los seres humanos que por los anuncios de neón, amada por quienes la habitan y añorada por los pocos extranjeros que descubren su alma solar y cálida. La llaman "La perla del Soconusco", por la región de Chiapas rica en café. En la época del dictador Porfirio Díaz miles de colonos alemanes se instalaron para fundar plantaciones y *haciendas** de aspecto austero, que —después, con la Segunda Guerra Mundial— fueron confiscadas y ahora la comunidad germana sueña con los esplendores del pasado y disfruta de las ganancias del presente. Acomodada a los pies del volcán Tacaná, Tapachula es la puerta de acceso a las montañas y al mar: pero el único tramo de costa que ofrece Chiapas es prácticamente desconocido para el turista extranjero, y los pocos que se detienen van hacia Guatemala. También Leandro, hacía algunos años, se había detenido en Tapachula en espera de continuar hacia el sur, a El Carmen, San Marcos, Malacatán, Quetzaltenango... Estaba ahí para realizar un reportaje sobre el "tráfico" de niños guatemaltecos. Habría logrado muy poco si no hubiera conocido a Adelita.

Con treinta y cinco años y un hijo de dieciséis, ojos cafés y mirada dulce, mezcla de etnias mayas con aventureros andaluces olvidados, trabajaba en el pequeño hotel de Tapachula donde una tarde llegó Leandro, hecho pomada después del viaje en camión. Veinticuatro horas de curvas subiendo y bajando por la Sierra Madre desde la Ciudad de México: si Adelita le hubiera dicho que no había un cuarto libre, como ya le había pasado en otros cinco hoteles, Leandro habría jurado que se desmayaría y se quedaría a dormir en el patio. La sonrisa de ella iluminó el ambiente, ese modesto hotel le pareció el lugar más cautivador de todo México y hasta el calor pegajoso desaparecía ante la imagen de una ducha fresca. Leandro no padecía de enamoramientos fulminantes, en el pasado había necesitado de largos periodos de gestación antes de sentirse arder de pasión —admitiendo que algo así de veras le hubiera sucedido— pero esa vez, frente a la mirada encantadora de Adelita... El descubrimiento del hijo de dieciséis años fue un golpe inexplicable, las breves indagaciones que habían descartado la presencia de un marido le produjeron una euforia igualmente inexplicable. Como sea, estaba ahí para trabajar. Tenía que proseguir para Guatemala y encontrar contactos, hacer preguntas, entrevistar. El asunto, delicadísimo, lo clavaría en la impotencia absoluta. Una parte de responsabilidad, tal vez, también tenía la curiosa decisión de regresar a Tapachula casi cada noche, aguantando horas de camión, para no perder el cuarto en el pequeño hotel donde Adelita, sus ojos, su sonrisa, su rostro de ámbar, su cabello muy negro, la blusa blanca desabrochada con amable descuido, en fin, todos los motivos que le volvían a encender algo de interés por la vida lo estaban esperando. Y cuando había decidido confiarle qué hacía en Tapachula, Adelita no dijo nada, pero se entendía claramente que reflexionaba, meditaba... Dos días después, gracias a Adelita, Leandro estableció un primer contacto, muy provechoso. Luego ella lo acompañaría con otras mujeres y, atando cabos, la terrible realidad del tráfico de niños se develó al ojo frío y cínico de una videocámara.

La "demanda", en constante aumento, viene principalmente de Estados Unidos y Canadá, en forma esporádica también de Europa y hasta de Israel, pero con mayores complicaciones a causa de los controles aeroportuarios. La red comprende una serie de empleados especialistas en escala casi jerárquica. Abogados y notarios se encargan de alistar los trámites de "adopción", dándoles una identidad falsa al recién nacido y a la supuesta madre natural. En esto coadyuvan altos personajes dentro del sistema de poder como jueces de la Suprema Corte de Justicia o funcionarios del gobierno que garantizan la ausencia de impedimentos burocráticos e indagaciones de la policía. Abogados y notarios se embolsan la tajada más grande de las ganancias, de ocho a veinte mil dólares por niño. Las llamadas *intermediarias** se encargan de conseguir la mercancía requerida: convencen a mujeres en condiciones de pobreza extrema de que vendan a la criatura que tienen en el vientre, siguen de cerca la situación de las casas para madres solteras y a falta de algo mejor se la compran a quien esté dispuesto a robarse a un niño, siempre que esté sano y de preferencia que sea blanco. Las *intermediarias** ganan de mil quinientos a dos mil quinientos dólares. Luego están las *cuidadoras**, que se encargan del pequeño mientras se llevan a cabo los trámites: reciben un pago mensual de unos quince dólares. Las *supuestas** madres son las que se hacen pasar por las parturientas de los recién nacidos, a cambio de treinta o cincuenta dólares, máximo. A las verdaderas madres, si están dispuestas a vender un hijo, les tocan unos cien dólares, a lo sumo, unos doscientos cincuenta en el caso de condiciones físicas óptimas y según las características raciales. A éstas se agregan las prostitutas, casi siempre salvadoreñas y nicaragüenses, que se ponen a disposición como *fábrica-niños** por un mínimo de cincuenta y un máximo de ciento cincuenta dólares por embarazo. Haya sido comprado o secuestrado, una vez en posesión del niño, se recurre a una *comadrona** para las declaraciones falsas en el certificado de nacimiento por una compensación de treinta a cincuenta dólares. Entonces, la intermediaria con la madre falsa y el niño llegan a la capital guatemalteca, donde un notario y un abogado certifican la perfecta legalidad del crimen. En algunos casos pueden contar con enfermeras de hospital, que les comunican a mujeres pobres, carentes de educación y en condiciones de miseria, que su hijo recién nacido está muerto, mostrándole un certificado a quien no sabe leer. Pero ese sistema está más difundido en Honduras, donde en las salas de espera de los hospitales es frecuente encontrar señoras distinguidas que, afables y corteses, se ponen a platicar con una madre, entran en confianza y cuando ésta entra a la consulta le ofrecen cuidar al niño: a su regreso, la mujer se encontrará que lo único que la espera es una enorme desesperación. El lema de la red es el mismo que el de los vendedores de cualquier otra mercancía: "Si no lo tenemos, se lo conseguimos". Desde el norte, llegan pedidos a veces vagos y a veces excesivamente detallados, especificando días o meses de edad, color de piel y ojos, incluso solicitan pequeños ya capaces de usar los cubiertos y caminar pero que sean menores de un año de edad. La mayoría de los niños está destinada a la adopción, pero es imposible establecer cuántos acaban muertos por el tráfico de órganos o usados en películas para depravados o vendidos a insospechables individuos adinerados dispuestos a gastar cifras enormes con tal de violar, torturar y eliminar a un menor.

Todo esto Leandro lo había recopilado tras largas entrevistas a mujeres que le presentó Adelita, que contaban todo lo que sabían, o sea, las propuestas que les hicieron, los casos que conocían, las insurrecciones de comunidades enteras que, en la exasperación, habían linchado a una que otra gringa acusada de rapto, y también declaraciones de sacerdotes, miembros de organizaciones no gubernamentales, representantes de asociaciones, todos impotentes frente al desmesurado poder de los dólares y de los corruptos que garantizaban la redistribución. La red tenía protectores poderosos. Y cuando el rumor llegó hasta alguno de ellos, una patrulla de soldados guatemaltecos detuvo a Leandro: videocámara confiscada, casetes destruidos, dos golpes en la espalda con la culata de los fusiles para convencerlo de regresar a México sin chistar. Por fortuna, Adelita ese día se había quedado en Tapachula, donde, por la noche, lo curó con compresas calientes en las costillas. Leandro estaba furioso por la pérdida del material, es decir, por su respectivo valor en dólares, pero todo lo que había grabado los días anteriores afortunadamente lo guardaba Adelita, que, después de los diligentes cuidados, se quedó en el cuartito para hablar con él hasta altas horas de la noche. Sólo al momento de la inaplazable despedida —ella tenía que trabajar desde el amanecer hasta la noche— se besaron de improviso con una pasión voraz, un frenesí que, más tarde, recordándolo, sorprendería a ambos. La ropa volaba por los aires, las costillas parecían haber sanado milagrosamente, los gemidos se diluyeron en un largo amanecer de amor hecho con ternura y miles de detalles. Por una semana, Leandro y Adelita esperaron impacientes la noche, intercambiando fugaces abrazos en el pasillo cuando se encontraban de día y durmiendo en los pocos retazos de tiempo. A Pablito, el hijo de dieciséis años, nacido de una relación que ninguno había necesitado recordar, parecía agradarle la presencia de Leandro, que lo llevaba consigo a hacer algunas tomas de los alrededores o de escenarios para el reportaje. Pero el paréntesis de Tapachula tenía un límite. En la Ciudad de México esperaban el material para montarlo y los fondos de Leandro estaban en las últimas. En la terminal de autobuses, Adelita no le pidió promesas ni fechas de regreso, mientras que a Leandro se le estrujó el estómago y todas las palabras que deseó decir naufragaron en su garganta. La imagen de Adelita que se alejaba, a pasos lentos, el cabello suelto en la espalda sin voltearse a recibir el último adiós, permanecería en su memoria para siempre. Una imagen que regresaba en los momentos más diversos o que dejaba que intencionalmente volviera a la memoria cuando quería envolverse en la melancolía, paseando sin rumbo por las inmensas *avenidas** del Distrito Federal.

¿Por qué no regresó a Tapachula? *La perra vida**, o sea, la endémica falta de dinero, una videocámara nueva que comprar después de la que le quitaron los gorilas guatemaltecos, perseguir la realidad para grabarla y proponerla a las televisoras de medio mundo, los días, las semanas y los meses que volaban entre citas con funcionarios idiotas, cuartos de montaje, llamadas telefónicas, taxi, Metro, solicitudes de pagos que nunca llegaban, trabajos de poca monta que aceptaba para salir adelante… Y dudas, tantas dudas, acerca de por qué se obstinaba en hacer ese trabajo que, sin querer confesarlo, ya odiaba y despreciaba. Pero como en el caso de un adicto, oprimir el botón del *rec* era su *sister heroin* y el fluir de las imágenes del objetivo al ojo era como el líquido —tan amado, tan odiado— que el émbolo mete en la vena.

Cuatro cartas escribió Adelita y cuatro Leandro, dejando entre una y otra un espacio cada vez más grande. Después, un silencio de seis meses. Cada noche se decía: "Mañana boto todo, la llamo y voy a Tapachula". Y cada mañana volvía a inyectarse esa droga visual en la mente con todo el corolario de miserias cotidianas y pérdidas de tiempo. Juraba "hasta aquí" y después se iba, sí, pero tras la última idea, el nuevo trabajo que hacer. Y finalmente, la quinta carta de Adelita: le contaba del dueño del hotel que le había pedido que se casara con él, garantizándole un futuro a Pablito y un presente tranquilo a ella. Pocas líneas en un tono extraño, difícilmente interpretable: tal vez quería darle la última cuerda, si se agarraba, bien, todavía estaba en tiempo, si no… Por meses rumió en su cabeza la carta de respuesta, en donde habría querido decirle que ni siquiera era capaz de garantizarse a sí mismo cómo llegar hasta la noche, y mucho menos un futuro para ella y su hijo… Pero las palabras, al papel y dentro del sobre, nunca llegaron. Culpa de la *perra vida** y del *pinche mundo**, que sigue girando, sin importarle nada ni nadie.

Leandro no podía imaginar que Adelita, algún tiempo después, se había mudado a Tijuana, de una frontera a la otra, del sur al norte. Nada de matrimonio con el dueño del hotel, una prima que trabajaba de sirvienta en San Diego, el intento fallido de pasar al otro lado y el trabajo en una *maquiladora**, en la polvareda de la Mesa de Otay, que hacía aún más vehemente la nostalgia por el volcán, las montañas, el aire denso de humores vitales, el verde oscuro de la selva a unos pasos de Tapachula. Adelita y la hija de don Justo Camarena trabajaban en la misma nave, se confiaban sus frustraciones y sueños durante la breve pausa del mediodía, se alimentaban recíprocamente el odio por los capataces y, últimamente, compartían el dolor por la pequeña enferma de leucemia.

Así, Adelita supo del *camarógrafo** italiano que había venido a filmar el condominio El Porvenir. Leandro le había dejado la dirección a don Justo. La hija se la pasó a Adelita sin hacer preguntas.

A diario, la avenida Revolución estaba repleta de turistas, hordas de individuos que pasaban la frontera, se amontonaban entre los puestos con recuerditos creados especialmente para ellos, llenaban los bares y las discotecas, echaban uno que otro grito imitando a los cantantes de moda, compraban el típico sombrero que ningún mexicano se pondría jamás, y regresaban a casa, donde contarían que "habían estado en México". Leandro y Toribio vagaban sin preguntarse por qué habían terminado ahí. Tomaron una cerveza en el Long Bar, el que presume la barra más larga del mundo, y en consecuencia el récord de los gringos borrachos en fila, uno junto al otro, a lo largo de ciento sesenta metros; salieron mezclándose con la multitud y ninguno de los dos encontraba qué decirle al otro. Leandro tenía ganas de tomar hasta aturdirse, pero no lo hacía por dos motivos: no hubiera podido imponerle a Toribio agua mineral o limonada y no había dinero para derrochar. Después buscaron un pesero que los llevara a casa. Es decir, al departamento de Lázaro que deberían desalojar en unos días.

La parada en la que bajaron distaba por lo menos un kilómetro de la casa. Caminando, se pusieron a discutir sobre qué hacer. Leandro intentaba convencer a Toribio de que regresara a la Ciudad de México.

—Todavía no has llamado a Pancho y en un mes tienes que sostener un encuentro importante. Si no te entrenas, echarás a perder una oportunidad irrepetible.

—¿Irrepetible? ¿Y tú qué sabes de eso? —espetó Toribio, fastidiado.

—Lo que sé es que tienes que regresar al gimnasio y que si usas los puños como lo hiciste el otro día, te los vas a fracturar y entonces sí, adiós campeón. Se necesita ser muy bruto para botar todo así…

Toribio se detuvo y miró a Leandro con cara de pocos amigos:

—Según tú, ¿me debería ir sin averiguar nada de nada? ¿Y entonces a qué vinimos?

—Lo intentamos, pero fue inútil. Tú y yo no somos nadie. Ésos, mi videocámara se la pasan por los güevos. Aquí están en juego cosas que ni tú ni yo podemos siquiera rasguñar.

Leandro prendió un cigarro. Toribio estiró la mano para agarrar uno de la cajetilla.

—Ah, ¿y ahora hasta fumas?

—Leandro, déjame en paz, ¿sí? No eres responsable de lo que hago y deja de tratarme como a un niño.

Leandro levantó los ojos al cielo:

—¡Tú eres el que se comporta como un niño! Todo ese rollo que me echaste en Cholula, ¿qué era, pura palabrería?

—No —respondió Toribio, muy serio, mirándolo fijamente a los ojos—. Pero no me gusta tu actitud. Sé cuidarme solo. Y yo decido cuándo regreso al gimnasio. Te recuerdo que veinte años en Tepito valen más que cuarenta de los de *ustedes*.

Leandro lo agarró del brazo.

—¿De los de ustedes? ¿Por quién chingados me tomas? Tú qué sabes de toda la mierda que me he tragado en cuarenta años… —se puso las manos en las sienes— y la tengo toda aquí adentro.

—Está bien, de acuerdo, lo siento. Perdóname.

—Mira, Toribio, si me pides perdón me voy a encabronar en serio. Las pendejadas, no hay que vomitarlas. Después, es inútil pedir perdón.

Caminaron en silencio por unos cien metros. Después Toribio murmuró:

—A ver, ¿qué propones?

Leandro recuperó el aliento, intentando calmarse. Pensaba que Toribio, en el fondo, tenía razón. Se sentía responsable de haberlo involucrado, pero sin darse cuenta lo estaba tratando como a un joven poco confiable. Y en ciertos momentos, Toribio parecía más adulto que él. Sin mucha convicción respondió:

—Tú te regresas al D.F. Yo aprovecho para grabar algo sobre las *maquiladoras**, ya tengo un trabajo a la mitad, así puedo sacar los gastos de este viaje sin provecho. Después, te alcanzo y vamos a hablar con un par de periodistas que conozco. Sólo un periódico de circulación nacional puede intentar hacer que reviente esta pústula.

—¿Y no podías hacerlo antes de salir?

—No, porque no sabía bien qué contarles. Ahora ya tengo una serie de elementos, antes que nada el hecho de que les pagan a las familias de los enfermos para callarles la boca. Y esos tres matones que nos atacaron son un incentivo más.

—¿Crees que de veras es suficiente para que se interese un periódico de la capital? Sabes la de broncas que se traen entre manos… —dijo Toribio con voz apagada, mientras se acababa el cigarro en unas cuantas fumadas nerviosas.

—Sí, puede ser, pero tengo que intentarlo. Además, si todavía nos quedamos aquí y seguimos haciendo preguntas acerca del condominio, creo que sólo puede suceder una cosa.

Toribio no replicó. Lanzó la colilla lejos, sacando el humo por la nariz. Sabía mejor que Leandro cuánto estaban arriesgando el pellejo. La pelea con los tres tipos no lo había inquietado mucho, pero era la primera señal. Ellos dos solos ya no podían hacer más.

El edificio de tres pisos ya estaba a la vista. Toribio se dio cuenta de inmediato de la silueta femenina que parecía buscar un nombre en los timbres y se puso tenso. Leandro, cuando se percató, se quedó paralizado. Adelita se dio vuelta. Movió la cabeza, sonriendo. Fue a su encuentro, sin prisas. Lo tomó de las manos y las retuvo entre las suyas, las recorrió con sus dedos, acariciándolas. Le dijo bajito, casi susurrando:

—*Dios mío, Leandro, cuánto tiempo***...

Él no respondió. La apretó contra él en un gesto instintivo. Por sus ojos se deslizó una cascada de imágenes, el cuarto de Tapachula, la luz del amanecer atravesando las cortinas, el ventilador en el techo, las sinuosidades y las sombras que daban forma a los senos, el vientre, las piernas entrelazadas con las suyas, la piel ambarina, luminosa, aperlada de sudor en el cuello y por encima de los labios, las respiraciones, la voz sofocada...

Se separó de ella, para mirarla: estaba ahí, alrededor veía Tijuana y esto le provocaba una especie de cortocircuito. Balbuceó algo, pero después logró decir:

—¿Qué haces aquí?

Adelita tragó saliva, parpadeó para quitarse el velo húmedo y respondió riendo:

—Es algo largo de contar. ¿Por dónde comienzo?

Leandro recorrió con la mirada el rostro de Adelita, las manos, los pies, confundido, aturdido. Toribio le hizo un ademán, con una sonrisita divertida, y se fue para la casa.

La *cantina** se llamaba "Vive y deja vivir". Leandro seguía dándole vueltas a la cerveza en la mesa y miraba fijamente a Adelita, bebiéndose su voz.

—Hubiera sido un bonito matrimonio. Ese buen hombre ya tenía dos familias que mantener, una a veinte kilómetros de Tapachula y la otra en Guatemala. Dos hijos de este lado y tres del otro lado de la frontera. Me lo dijo una mujer que trabajaba conmigo, no sabía cómo hacerlo, pero finalmente, por suerte, me abrió los ojos. Bueno, no estaba muy segura de casarme con él. Mientras tanto, se ofreció a enviar a Pablo a estudiar música en Tuxtla, pagando todos los gastos. Cuando se lo pregunté, se hizo el desentendido: "Pero qué importa, en qué te afecta, mi vida, son historias pasadas, tengo obligaciones con los hijos y voy a seguir viéndolos una vez a la semana, pero tú eres mi único amor".

Adelita tomó un trago, se echó a reír:

—¡Le sorrajé una gallina de barro en la cabeza! Sí, de las que hacen las artesanas indígenas, un florero… Después, me dio un ataque, pensé que lo había matado, pero nada más fueron tres puntadas en la frente. Pues claro que me tenía que buscar otro trabajo…

Le contó de la prima de San Diego, del intento de cruzar la frontera y del trabajo en la *maquiladora**, del sueldo miserable, pero era mejor que nada, viendo cómo estaban las cosas.

—¿Y Pablito?

Adelita se terminó la cerveza y adoptó una expresión de orgullo:

—Pablo ya tiene veinte años y con el físico que tiene, ni siquiera yo le digo Pablito. Vive en el D.F., ¿sabes? Hasta creo que intentó buscarte, pero… De día trabaja en un supermercado y por la noche toca en un grupo. Son buenos, pero qué te puedo decir yo, de esa música no sé mucho… Viven todos juntos en un departamento en la Nápoles, fui a verlo, una vez, y ni te platico del desmadre que tenían ahí, pero él está contento, y además, Pablo sabe lo que hace, es sensato.

Leandro estaba por pedir otra cerveza, pero Adelita dijo:

—Yo le paro aquí, no quisiera arriesgarme a que me fichen por borracha.

—¿Qué quieres decir?

Adelita frunció la frente, suspiró resignada y respondió:

—Mañana nos toca el examen de orina. En las *maquiladoras** nos lo imponen cada tres o cuatro meses. Es para saber quién está embarazada. En ese caso, despido inmediato.

—¿Y nadie se opone? ¿Pueden hacerlo impunemente?

—Ah, sí… eso y más. No hay sindicatos en las *maquiladoras**. Una vez que cruzas el portón, ya ni siquiera estás en México. Ésa donde yo trabajo le pertenece a los gringos, armamos televisiones y videograbadoras, en la pared hay una enorme bandera de barras y estrellas y música country para relajar al gallinero. Hasta en una *maquiladora** de una empresa de Seúl obligan a las obreras, mexicanas, a cantar cada mañana el himno nacional surcoreano… Da risa, pero es una tragedia. *Ay, pobre México lindo y querido**…

Afuera soplaba una brisa fresca del Pacífico, sabía a sal y a llanta quemada. Adelita se recargó en el brazo de Leandro, pegándosele como para quitarse un escalofrío. Pero hacía calor, el aire estaba húmedo y la imaginación podía recrear las sensaciones de otra ciudad fronteriza a miles de kilómetros al sur.

De repente, Leandro se puso a cantar la vieja canción de la Revolución:

—*Si Adelita quisiera ser mi novia, si Adelita fuera mi mujer**…

Ella se detuvo, se le paró enfrente, tomó sus manos, se las llevó al pecho y le preguntó:

—A ver, ¿qué harías si Adelita fuera tu novia?

Leandro se aclaró la voz, apenado.

—Pues… primero, me la llevaría de aquí.

—Eso también lo dice la canción. O tal vez no. A lo mejor la estoy confundiendo con otra. ¿Y luego?

—Y luego… Adelita, yo…

Ella se echó a reír, entrecerrando los ojos color obsidiana. Las pequeñas arrugas que se formaban alrededor la hacían ver deliciosa, pensó Leandro.

—Estaba bromeando, deja de buscar respuestas que no hay. Mañana me toca el turno de mediodía a medianoche. Entonces, no tengo que levantarme temprano. Mi casa es sólo un cuarto, pero limpio, ordenado, y si te conformas con cenar *tacos*[*] con verdura…

Leandro vio un taxi al otro lado del cruce. Alzó la mano de golpe y lanzó un silbido para no arriesgarse a perderlo.

El sol comenzaba a dispersar la niebla tibia. La claridad blanquecina que entraba por la ventana se transformó gradualmente en luz dorada. Leandro tenía los ojos cerrados y respiraba el perfume del cabello de ella, que todavía parecía dormir: daría cualquier cosa para que todo se quedara así, inmóvil, y que el tiempo se anulara. Adelita se estiró, abrió los ojos, lo miró y sonrió con tal dulzura que a Leandro le provocó una punzada dolorosa. Con voz ronca ella le preguntó:

—¿Quieres un café?

Él negó con la cabeza y la estrechó para impedirle que se levantara. Adelita siguió estirándose, el bostezo se transformó en suspiro, se le encimó y lo besó, largamente, mientras lo abrazaba con las piernas, dejando que entrara en ella lentamente... Esa noche hicieron el amor con pasión, aturdidos e inconscientes. En la mañana, al contrario, la ternura y los movimientos delicados sólo intentaban alejar el velo de melancolía que ambos advertían. La luz del día era el mensaje del mundo exterior, la confirmación de su presencia: todavía estaba ahí, y pronto se los tragaría nuevamente.

Después, Adelita permaneció inmóvil en esa posición, tendida sobre él, mientras sus respiraciones se calmaban poco a poco. Cuando ella se decidió a levantar la cabeza, vio que Leandro tenía los ojos cerrados.

—¿Por qué no me miras?

Leandro la atrajo hacia él, hundiendo el rostro en su cabello negro y perfumado de almendras. Murmuró:

—Porque... en unos días me despediré, prometiéndome a mí mismo que te volveré a ver lo más pronto posible y luego...

—¿Y luego?

Él tragó saliva y siguió acariciándole la espalda y las caderas, trazando dibujos imaginarios con la punta de los dedos.

—Ya sabes la vida que llevo. El trabajo lo consigo en el D.F., y no es que sea gran cosa, siempre tengo que estar dispuesto a moverme, a ir adonde sea... Aquí, como en Tapachula, sólo puedo llegar por casualidad...

Adelita se apoyó sobre los brazos extendidos, levantando el busto.

—¿Dijiste... por casualidad? —susurró Adelita, mientras él se perdía en sus ojos—. ¿Qué crees que es la casualidad?

—Una tirana caprichosa.

Adelita hizo una mueca de falsa admiración.

—Vaya, qué buena respuesta… ¿la tomaste de algún poeta *mariguano**? Aunque después de tantos años, debías haberlo aprendido… La casualidad no existe. Si quieres que algo suceda, sucederá. No se trata de resignación o fatalismo, sino de voluntad. Las personas que no quieren perderse, tarde o temprano se reencuentran.

—Sí, pero mientras, pasan otros cuatro años…

Ella tomó su cara entre sus manos, obligándolo a mirarla.

—Leandro, mira dentro de ti. ¿De veras quieres volver a verme? Si la respuesta es sí, encontrarás el modo. Yo no te busqué, porque no sabía qué querías *tú*. Ahora, te toca a ti decidir. Tapachula, Tijuana, México… sólo son kilómetros que recorrer. Para el trabajo que tengo aquí, puedo empezar en cualquier otro lado. Pero tú… no me lo has pedido.

Se levantó de golpe, hizo volar la sábana y, desnuda, empezó a dar vueltas por el cuarto. Con un tono, inesperadamente alegre, casi para alejar la respuesta que él dejó en suspenso, dijo:

—En dos horas tengo que checar tarjeta. Sólo hay tiempo para bañarme y desayunar.

Tomó la toalla, jaló la cortina de plástico. Leandro vagamente atontado miraba la sombra que se movía bajo el chorro de agua. Dejaba que sus pensamientos corrieran como las gotas en el cuerpo de Adelita. En verdad no sabía lo que quería. Siempre había pensado en regresar a Tapachula, pero *nunca* en proponerle a ella que lo alcanzara… Y se había preguntado mil veces por qué, en México, los caminos de las personas terminaban siempre por cruzarse nuevamente, a pesar de las distancias… ¿Sólo era de México esa prerrogativa? ¿Tenía razón Adelita? La casualidad no existe… Si quieres que suceda…

TODO POR CASUALIDAD

Toribio se despertó temprano. Recogió sus pocas pertenencias y las puso en el morral. Tomó también la pequeña grabadora con el casete de Willy DeVille, y alguna prenda del hermano como recuerdo. Una vieja camisa a cuadros, ahora raída y descolorida, hizo que se quedara inmóvil un rato, recordando el día en que se la había regalado, cuando se despidió antes de partir para Tijuana. Se la quitó, diciéndole a Lázaro:

—Ésta me ha dado buena suerte, me la puse la tarde de las últimas tres peleas, y gané. Úsala cuando tengas que ir a algún barrio bravo —Lázaro se echó a reír y le respondió que en Tijuana sólo trabajaría de médico, no de superhéroe...

Le dejó un mensaje a Leandro, para decirle que se verían en el D.F. y que le llamara al gimnasio por cualquier novedad. Antes de ir a la terminal de autobuses, quería volver a ver a cierta persona. Podía permitirse un último taxi, para no llegar tarde. Así, fue a plantarse delante del edificio del *Seguro Social**, esperando al director.

El doctor Acuña estaba solo en el coche. Bajó la velocidad para entrar en el estacionamiento reservado. Vio a Toribio en cuanto cerró con llave la puerta.

—Ah, es usted... Es que vengo retrasado, si me permite...

131

—Tampoco yo tengo tiempo que perder —cortó de tajo Toribio—. Me voy de este chiquero, y vine solamente a decirle una cosa: no me olvidaré de usted.

El doctor Acuña se esforzó en mantener la expresión fría con la que lo había recibido. Pero el tono de voz le salió alterado, diciendo:

—¿Perdón? No entiendo…

—Entendió muy bien. Usted está podrido. ¿Qué se compra con el dinero que le pasan? ¿Una buena casa, un coche nuevo, este traje de enterrador?

—Escuche, si no se va, llamo a seguridad.

—¿Tiene hijos, doctor? ¿Y puede mirarlos a los ojos cuando regresa a su casa? ¿O se comporta como lo está haciendo conmigo? ¿Hacia dónde mira cuando les habla a sus hijos de ciertas estupideces como la dignidad, el orgullo, el honor…? ¿O prefiere que todas estas bonitas palabras las expliquen sólo en la escuela, en nuestros grandiosos libros de historia, donde están todos los mexicanos dignos, pero invariablemente asesinados, y donde faltan todos aquellos que por un puñado de dinero han malbaratado hasta la tierra sobre la que caminan?

El director se alejó apresuradamente, pasando delante de Toribio que no hizo nada por detenerlo. Pero le alcanzó a gritar:

—¡Un día iré con tus hijos y les diré que tienen un padre podrido! ¡Podrido y cobarde!

Stanley y Coldwell habían seguido el taxi de Toribio, y presenciaron la escena con el director. Siguieron tras él hasta la terminal de autobuses, y cuando se cercioraron de que verdaderamente había partido para la Ciudad de México, regresaron al *Seguro Social*⃰.

La secretaria los anunció como "amigos de Míster Jason". Al verlos entrar en el despacho, el doctor Acuña perdió definitivamente la calma:

—No los conozco y tampoco quiero saber qué hacen aquí. Díganle a Míster Jason que no cuente más conmigo. Ya he hecho demasiado. Quítense de mi camino.

Ambos intercambiaron una mirada perpleja. La reacción del tipo los había tomado por sorpresa, ya que estaban acostumbrados a tratar con gente vendida y, por lo tanto, servil. Stanley masculló:

—¿Qué le pasa? ¿Acaso le dan asco los dólares que se ha embolsado hasta hoy?

El doctor Acuña se levantó, cerró la puerta que daba a otra habitación y, acercándose a Stanley, le dijo en voz baja:

—No me imaginaba que lo matarían. Y el dinero que dieron me lo gané, ¡vaya que sí! Pero ya basta. ¿Qué quieren hacer? ¿Me matarán también a mí? Peor para ustedes, habrá otros que eliminar, y les convendrá venir aquí con el ejército, las tropas, porque si me pasa algo, serán muchos los que conocerán el verdadero motivo. ¿Quedó claro?

Coldwell lo agarró de la corbata y tiró de ella, obligando al director a agacharse.

—Sólo debes decirnos qué quería ese tipo hace un par de horas, en el estacionamiento. Nada más. Y no hagas tanto escándalo, mexicano de mierda.

Stanley, maldiciendo mentalmente al compinche, intervino:

—Discúlpelo director, es joven e impulsivo… No queremos causarle problemas, sólo un par de preguntas, y luego lo dejaremos en paz. Créame, no tenemos ninguna intención de matarlo, ni a usted ni a nadie. Es nuestro interés que las cosas vuelvan a la normalidad.

El doctor Acuña, rojo de indignación, tartamudeó:

—¡¿Normalidad?! Váyanse al diablo… ¿Y según ustedes, este infierno que desencadenaron sería la normalidad? Lárguense. No tengo nada que decirles.

—¿Ya lo pensó bien, señor director? —le preguntó Stanley, en un tono veladamente amenazador.

—Díganle a Míster Jason que se olvide de mí. En tal caso, haré lo mismo. De lo contrario, ustedes y él se darán cuenta de quiénes somos realmente nosotros, los mexicanos *de mierda*.

—Vamos, mi colega no quería ofenderlo… —intentó arreglarlo Stanley, y se prometió pedirle a Haverlange la inmediata remoción de Coldwell.

El director abrió la puerta con un ademán de rabia, y dirigiéndose a la secretaria gritó:

—¡Señorita! Acompañe a estos señores a la puerta, y dígale a los de vigilancia que no vuelvan a dejarlos entrar jamás.

Manejando, Stanley se limitaba a contraer los músculos de la mandíbula, sin decir palabra. Coldwell, que de vez en cuando murmuraba alguna maldición, dijo:

—¿Qué mosca le picó a ese cerdo? Siempre le hemos pagado generosamente, y ve lo que nos ganamos…

—Cállate, idiota.

—¿Cómo…?

—No entiendes una mierda, si el capitán estuviera aquí, te habría tumbado los dientes.

Coldwell no reaccionó. Pensó que Stanley, al igual que Bart Croce, ya era demasiado viejo para estos menesteres.

Por teléfono, Haverlange fue categórico: estudiar la situación y esperar. El italiano era un *freelance* sin un quinto, sin importancia, sin medios para causar daño. Y a pesar de eso, como europeo, si desapareciera podría provocar problemas. Mejor seguir sus movimientos y no generarle más suspicacias, aunque debían descubrir qué había filmado dentro del condominio. En cuanto a la reacción del director, Haverlange no sabía qué pensar. Seguramente era un evento inesperado. Un verdadero imprevisto. Volvió a pensar en las palabras de Bart Croce, sobre los mexicanos y el hecho de que ellos nunca los conocen lo suficiente… Dejar pasar tiempo también en este caso, en espera de noticias. Después del breve diálogo telefónico, el profesor Haverlange se quedó un rato reflexionando, muy preocupado. Restablecer la paz era infinitamente más complicado que desencadenar una guerra.

Leandro regresó al departamento de Lázaro con una tremenda confusión en la cabeza. No es que hubiera tenido ideas claras sobre qué hacer con su vida, pero en ese momento se sentía como si todos los cables de las distintas situaciones hubieran hecho cortocircuito al mismo tiempo: una maraña humeante. Si hubiera seguido su instinto, se habría quedado con Adelita renunciando a todo por algún tiempo, y quizá, más adelante, le habría pedido que se mudara al D.F. con él. Pero ya estaba tan acostumbrado a la soledad, que la idea de convivencia le dejaba la mente en blanco. Significaba buscar una casa, porque en el cuarto de la azotea de la señora Guillermina era impensable vivir en pareja… y si Adelita no encontrara un trabajo decente, ¿qué podría ofrecerle? De por sí, era difícil salir adelante… Tenía que limitarse al presente: luego, quién sabe cuándo, tomaría una decisión, pero no ahora, claro. En cuanto al asunto de Lázaro y el condominio, la sensación de impotencia lo sofocaba.

La única esperanza era contar todo, es decir, lo poco que sabía y lo mucho que imaginaba, al par de amigos periodistas: el diario para el cual trabajaban tenía los contactos y la experiencia necesaria para enfrentar la situación. Sin embargo, obstinado como era, tenía aún la esperanza de encontrar algún elemento para poder decirse a sí mismo: no me he rendido.

Al leer el mensaje de Toribio, tuvo dos sensaciones encontradas: alivio y pérdida. Sólo ahora se daba cuenta, o se decidía a admitirlo, que la cercanía del joven boxeador le daba seguridad, y extrañaría a un amigo dispuesto a soportarlo incluso en los peores momentos. Pero era mejor así, y de todos modos se volverían a ver pronto. O quizá no, dependía de… El rostro de Adelita se le había quedado impreso en la retina, lo veía delante de él como una imagen grabada y proyectada hasta el infinito. Por primera vez, desde que estaba en Tijuana, decidió dejar la mochila con la videocámara y lo demás: pensó en ir a la *maquiladora** donde ella trabajaba, esperar el breve receso para la cena y ver si alguna de sus compañeras estaría dispuesta a dejarse entrevistar. Una tarea ardua, dado el clima imperante, pero en todo caso tenía que establecer un primer contacto sin presentarse ahí con una videocámara. Después de un par de horas salió y, luego de recorrer unos pocos metros, de pronto le vino a la cabeza la alarma que le hizo tocarse el costado para comprobar la presencia de su videocámara. Era tal la costumbre, que así, sin nada en la mano o colgado al hombro, se sentía demasiado ligero, casi desnudo. Subió a un pesero, y desapareció de la vista de Stanley y Coldwell.

—¡Mira! —exclamó el segundo—. Está sin videocámara.

Stanley reflexionó, mordiéndose los labios. Una ocasión semejante no se presentaría fácilmente.

136

—Vamos, y hagámoslo rápido.

Tomaron el maletín con el equipo y se pusieron en marcha hacia el portón.

El conductor del pesero metió segunda, y el cambio produjo un sonido de engranajes hechos trizas. Intentó más veces, pero no había nada que hacer. Se acercó, y dirigiéndose hacia la pequeña imagen de san Cristóbal, protector de los conductores, que destacaba en el retrovisor, dijo desconsolado:

—Lo arreglé hace dos meses…

Los pasajeros descendieron sin hacer comentarios.

Leandro, sin la mochila, parecía en crisis de abstinencia, y al cabo de diez minutos la ansiedad alcanzó un nivel insoportable: pensaba que Toribio tenía razón cuando afirmaba que el departamento de Lázaro había sido cateado por alguien. ¿Cómo pudo abandonar la videocámara y todo lo que había grabado? No se explicaba por qué había sido tan imprudente. En el fondo, la descompostura de la palanca de velocidades era una señal: había recorrido solamente tres o cuatro metros, así que valía la pena regresar a recogerlo.

Stanley ya se había colgado al hombro la mochila, mientras Coldwell hurgaba rápidamente sobre la mesa y entre las repisas de la pared. Fue el joven quien advirtió los pasos en la escalera. Hizo un movimiento con la mano, y el otro se quedó inmóvil. Cuando la llave entró en la cerradura, ambos sacaron las pistolas de las fundas axilares. Coldwell se colocó al lado de la puerta, Stanley detrás del armario. Leandro entró, e iba a dirigirse al sillón, pero en el instante en el que notó la ausencia de la mochila, una mano enguantada le tapaba la boca y un cañón frío le presionaba la sien. Stanley se le plantó enfrente, volvió a meter el arma en la funda y sacó del bolsillo una correa de plástico con cierre corredizo. Coldwell obligó a Leandro a arrodillarse, mientras su compañero le sujetaba las muñecas con la correa, tan resistente como un par de esposas. Hablando en español, Stanley le dijo a Coldwell:

—Sólo eso faltaba. Ahora ya no tenemos opción.

Coldwell asintió. Stanley se dirigió a Leandro:

—Tienes que venir con nosotros. Si estás tranquilo y no nos creas problemas, todo se va a resolver de la mejor manera posible. Ten siempre presente que, si nos obligas a dispararte, estamos en Tijuana: nosotros nos las arreglamos de todos modos, y tú sólo serás un pobre diablo más en la lista de casos sin resolver. ¿Quedó claro?

Leandro entrecerró los ojos en señal de asentimiento.

En la calle había pocos transeúntes, y ninguno parecía fijarse en el trío de gringos que se dirigía apresuradamente a la Chevrolet Blazer. Stanley se sentó atrás con Leandro, Coldwell al volante. Salieron del área poblada, tomaron la federal 2, que lleva a Tecate y a Mexicali, rozando la frontera. Montañas áridas y paisaje semidesértico, que Leandro veía a veces en la oscuridad, iluminado por faros en una curva o por luces lejanas de casas desperdigadas. De vez en cuando se cruzaban con algún tráiler, pocos instantes de luz deslumbrante y estruendo de escapes libres. Con todos los sentidos en alerta, rígido como un pedazo de madera, Leandro no decía palabra. Buscaba grabar en la memoria miles de detalles, pero temía que no fueran a servir de nada. Después de media hora de un silencio abrumador, Coldwell, aprovechando una recta, preguntó a Stanley:

—¿Ya decidiste?

El idiota había hablado en inglés, pensó Stanley, furioso. De todos modos no quedaba de otra: tenían que eliminarlo. Y eso no le iba a gustar para nada al profesor Haverlange. Todo el asunto se estaba complicando de modo irrefrenable, y maldijo a aquel pinche italiano metiche que le estaba causando una bronca imprevista. Dijo, él también en inglés:

—Hay una especie de laguna dentro de unos diez kilómetros. Nos detendremos ahí.

—¿Y ése? —añadió Coldwell, apoyando el índice en el espejo retrovisor. Stanley volteó. A lo lejos, entre una curva y otra, se alcanzaban a ver las luces de un auto.

—¿Crees que nos está siguiendo?

—No sé. Me estuve fijando, y acelera o desacelera como nosotros, se mantiene siempre a la misma distancia.

—Nada de paranoias. Aunque fuera la policía mexicana, no hay de qué preocuparse. De ser así me bajo yo y les enseño el pasaporte diplomático.

—Claro, con un buen billete verde de a cien —se carcajeó Coldwell.

El coche detrás de ellos aumentó la velocidad. Después de un par de kilómetros, pareció decidido a rebasarlos. Coldwell sacó la pistola de la funda y se la puso debajo de la pierna derecha. Cuando se emparejaron, vieron que se trataba de un Pontiac, y el tipo al volante se volteó a mirarlos.

—Maldita sea… —dijo Stanley.

—Pero qué diablos… ¿qué hace aquí? —preguntó Coldwell, con un tono algo histérico.

—No lo sé. Vamos, oríllate. Y déjame hablar a mí, ¿entendido?

Bart Croce detuvo el Pontiac delante de la Chevrolet, bajó con calma, y se acercó sonriendo. También Stanley bajó, mientras Coldwell permaneció quieto en su lugar, empuñando la pistola debajo del muslo.

—Leonard… Dan… —saludó Bart con un ademán—. Hace siglos que no nos vemos. Pero mira qué casualidad…

—Buenas noches, capitán —dijo Stanley, sombrío y rígido—. ¿Cómo nos encontró?

Bart puso una expresión de falso asombro.

—Yo no los *encontré*, porque ni siquiera los estaba buscando. Pasaba por la casa de este… señor, y los vi. Y me dije: qué curioso, Leonard y Dan están haciendo mi trabajo. Sin embargo… nadie me había avisado.

—Qué extraño —contestó Stanley—. Nuestras órdenes eran precisas. Y nos dijeron que usted estaba ocupado en otra parte.

Bart se puso serio de golpe.

—¿En otra parte?

—Pues, sí… Capitán, no me pida a mí que le explique. Yo obedezco y no hago preguntas.

Bart volvió a asumir una actitud de camaradería, tomó a Stanley por debajo del brazo y dio algunos pasos hacia el coche: dos viejos amigos que platicaban de algo trivial…

—Mira, Leonard… está pasando algo raro. Imagínate, esta mañana el profesor me encargó recoger a ese tipo y llevarlo al otro lado de la frontera. ¿Tú sabes algo?

Stanley, obligado a caminar con el brazo derecho inmovilizado por el izquierdo de Bart, trató de ganar tiempo.

—Siendo así, ya no entiendo. Yo hablé por teléfono con el profesor, y no me mencionó nada…

La mano derecha de Bart saltó de lado: de la Glock salieron dos tiros que centraron a Coldwell en la cara. Stanley liberó el brazo, sacó la Combat Commander, y al mismo tiempo

Bart le apuntó. Se encontraron en una posición absurda: ambos con el brazo extendido, mirando el cañón del arma del otro a pocos centímetros de su nariz, cada uno empeñado en aguantar la fuerza contraria del antebrazo del adversario. Si alguno de los dos hubiera cedido, el otro habría desviado el arma disparando inmediatamente.

—Entonces, Leonard… ¿queremos seguir así por mucho tiempo?

—Capitán… está cometiendo un grave error. No se lo perdonarán.

—Lo sé, mi estimado. Lo sé. Pero mientras tanto… ¿cómo salimos de ésta? Yo bajo la mía, pero tú tendrías que hacer lo mismo.

Stanley pensó que el capitán Croce se había vuelto loco: tenía la mirada alucinada, los ojos le brillaban en la oscuridad y además, esa sonrisa… no se la había visto jamás en tantos años de trabajar juntos.

—Podría decir lo mismo, capitán. Si yo ahorita bajo la pistola, usted…

—Ya, Leonard, vete al diablo —exclamó riéndose Bart y, de repente, bajó el brazo. Stanley lo mantuvo extendido—. ¿Ves? Confío en ti. Ese idiota de Dan, sabes, era tan pendejo que yo esperaba, no sabes desde cuándo, perforarle el cráneo. Pero tú no tienes nada que ver. Siempre nos hemos entendido de maravilla, nosotros dos. ¿Queremos arruinar todo ahora?

Stanley, manteniéndolo a tiro, respondió:

—Sí, sería una lástima… pero primero, tengo que entender. ¿Qué piensa hacer?

—Absolutamente nada, Leonard. Tomamos a ese tipo y lo llevamos al otro lado. Es obvio que necesito tu ayuda. Si tienes alguna duda, toma el pinche celular y pide instrucciones. Quizás, a esta hora, el profesor estará en una cena, o en la recepción de un cerdo de su misma calaña, pero... tú inténtalo, ¿no?

Stanley permaneció indeciso por largos e interminables segundos. Luego, lentamente, bajó el brazo, mientras que con la mano izquierda buscaba el celular en el bolsillo interior de la chamarra. Dos acciones simultáneas, que limitaban su capacidad de reacción. Bart, mientras tanto, había descansado el brazo, y cuando lo volvió a levantar, el de Stanley, todavía rígido, no fue igualmente rápido. La primera bala lo alcanzó en el centro del pecho, la segunda en la ingle. También disparó él, pero los tiros se perdieron en el vacío. Cayó de espaldas, con los brazos abiertos. Bart, sacudiendo la cabeza, se acercó y dijo:

—Lo siento, Leonard. Eras uno de los mejores. Pero no tenías ni la más mínima idea de qué significa tomar la iniciativa.

Le disparó en la frente, poniendo fin a los espasmos de agonía. Después se dirigió al coche. Leandro, que mientras tanto había logrado abrir la portezuela del otro lado, se lanzó hacia afuera. Cayó inmediatamente al suelo, al tropezar con las piedras esparcidas en el campo que bordeaba la carretera.

—No empieces tú también, ¿eh? —gritó Bart, en español—. Regresa aquí, tarado, para echarnos una buena platicada.

Leandro se paró, intentó orientarse en la oscuridad, pero con las manos atadas detrás de la espalda le costaba trabajo mantenerse en equilibrio. Se echó a correr, resbaló de nuevo y, en ese momento, la mano de Bart lo levantó por la camisa, lanzándolo en la dirección opuesta.

—Regresa al coche y no me compliques las cosas, por favor.

Las últimas palabras las había pronunciado en un tono surrealista: *por favor*, casi rogando. Sin embargo, la pistola en la nuca convenció a Leandro a concederle el favor. Bart abrió la portezuela del Pontiac y lo sentó delante. Puso el seguro desde afuera con el control. Luego agarró el cadáver de Coldwell y lo acomodó en la parte trasera de la Chevrolet. Arrastró el de Stanley por los pies, y logró meterlo doblándolo en una posición grotesca. La Blazer todoterreno no tenía las ventanillas polarizadas, y para ocultar los cuerpos de la vista de eventuales transeúntes usó una cobija que encontró debajo del asiento. Luego, recuperó la mochila, la echó sobre las piernas de Leandro y se puso al volante.

—¿Quieres una? —le preguntó, haciendo saltar la tapa de un frasco de anfetaminas—. Te mantendrá despierto.

Leandro, alterado más por esa actitud que por lo que acababa de suceder, negó con la cabeza.

—Como quieras. Yo tengo que echarme por lo menos un par, porque el viaje será largo, y la noche… qué cosa tan hermosa la noche, ¿no crees? Si ese condenado sol no surgiera más, sería el único habitante del planeta en regocijarse.

Arrancó sin prisa, deslizándose silenciosamente en la oscuridad.

Era casi medianoche cuando Toribio salió del sopor y abrió los ojos. El camión era un concierto de respiraciones pesadas y murmullos. Tenía frío. El desierto de Sonora, a esa hora, había devuelto todo el calor acumulado durante el día. Faltaban pocos kilómetros para Hermosillo. Se levantó y hurgó en el morral. La camisa que le había regalado a su hermano fue lo primero que encontró. Se la puso encima de la chamarra de algodón. Intentó dormir, pero nada. Al cruzar los brazos, sacudido por un escalofrío, sintió debajo de la palma de la mano algo duro y puntiagudo, que le oprimía el costado. Deslizó dos dedos en el bolsillo de la camisa. Una llave. Le dio vueltas poniéndola delante de la tenue luz azulada que venía del techo. Parecía una llave de locker, de ésos para guardar equipaje en las terminales y en los aeropuertos. Estaba numerada y tenía una placa en la que estaba grabado *Central Camionera* — *Tijuana, B.C.N.* Se le nubló la vista. Temblaba, pero no de frío.

Se bajó en Hermosillo y se dirigió enseguida al mostrador de las salidas en dirección opuesta: tenía que esperar al menos un par de horas para tomar el primer camión con destino a Tijuana.

EN LA CARRETERA

De noche, la periferia de Mexicali se veía desolada y apagada. Ahí las naves de las *maquiladoras** pululaban en la llanura polvorienta, y algunas, iluminadas por potentes faros, parecían toscas naves espaciales que hubiesen aterrizado por alguna avería. Bart se masajeó el cuello entumecido y miró de reojo a Leandro, que siguió observando el camino ante sí, apretando los dientes para no quejarse: la correa de plástico le estaba cortando la circulación, ya no sentía las manos, y de los brazos se propagaban punzadas dolorosas hacia la espalda y las costillas. Habían recorrido casi doscientos kilómetros sin abrir la boca. Bart encendió la radio, buscó una estación con música *ranchera**, escuchó un poco fingiendo que le agradaba, luego bajó todo el volumen y dijo:

—Menudo compañero de viaje. Ni una palabra en tres horas. No pretendo que me agradezcas por haberte salvado el pellejo… haz un esfuerzo, ¿no?

Leandro le dirigió una mirada extraviada.

—¿Por qué me ves de ese modo? ¿Sabías que eres muy raro? En tu cabeza debes tener tantas preguntas por hacerme que, si te salieran todas juntas, quedaría sofocado. Vas, échate una.

Leandro tragó saliva, se aclaró la voz, preguntó:

—¿Adónde vamos?

Bart hizo un gesto de aprobación.

—Muy bien. Hubiera apostado más por "quién eres" y "qué quieres". En ese caso, no hay respuesta. Pero si me preguntas adónde vamos… pues bueno, al sur. ¿Has estado alguna vez en Durango?

Leandro hizo un gesto de negación.

—Yo tampoco. Pero me gusta el nombre.

—¿Y qué vamos a hacer a Durango?

—No lo sé. Es más, ni siquiera sé si vamos a llegar.

Leandro volteó a verlo con una expresión de total agotamiento.

—¿Y debo quedarme así?

—Sí, hasta que esté seguro de que no intentarás nada.

—La pistola la tienes tú, no yo.

Bart no respondió. Se percató de que Leandro temblaba por los escalofríos, y que de vez en cuando no podía evitar tiritar. Encendió la calefacción.

—Me gusta el desierto —murmuró Bart—. Aquí a mediodía estaríamos a treinta y cinco grados. Y ahora estamos casi a cero.

—Ya no siento los brazos —replicó Leandro. Miró de reojo el medidor de la gasolina: aún quedaba medio tanque, por desgracia—. Tengo que mear. Si no te detienes…

—Oye, ¿te vas a estar quejando todso el tiempo?

Se miraron a los ojos por un instante. Leandro estaba seguro de que ese tipo estaba *muy* próximo a la locura. Parecía mantener con dificultad un aparente raciocinio, pero el frágil equilibrio podía hacerse pedazos de un momento a otro. Debía tener cuidado de no prender la mecha.

—Ya basta —soltó Bart, fastidiado, dirigiéndose hacia un acotamiento. Apagó el motor. El silencio era tan absoluto que producía un zumbido en los oídos. Se bajó del auto, lo rodeó, abrió la puerta y sacó a Leandro. Sacó del bolsillo una navaja; era del tipo "mariposa": con un elegante vaivén de la mano hizo girar las dos partes del mango liberando la cuchilla. Cortó la correa de plástico. Leandro se masajeó las muñecas, marcadas por moretones. Tenía las manos hinchadas y entumidas.

—Apúrate.

Leandro dio unos pasos en la oscuridad. Se detuvo casi de inmediato, escuchando a sus espaldas un chasquido metálico. Era la navaja que Bart había vuelto a cerrar con otro ademán, y no la corredera de la pistola. Después de orinar, regresó al auto. Bart lo esperaba con un par de esposas listas: se las puso dejándole las manos al frente, y no las apretó demasiado. Se marcharon.

Media hora después, cuando los letreros anunciaban la cercanía de San Luis Río Colorado y los límites con Sonora, Leandro preguntó:

—¿De qué te sirve alguien como yo? No entiendo un carajo y no valgo nada.

Bart pareció despertar del coma: lo miró como si quisiera enfocarlo. Luego hizo una mueca, quizás una sonrisa burlona, y dijo:

—Me sirves para aguarles la fiesta a esos cabrones. Querían dejarme fuera. Y liquidarme. Pero van a ver…

Volvió a perderse en sus tormentosos pensamientos. Leandro ya no dijo nada, temiendo que al tipo le estuviera por explotar el cerebro: tenía una mirada vidriosa, y una serie de tics le desfiguraban el rostro. Tenía las manos apretadas al volante, tratando de controlar el temblor de los dedos. Cuando lo vio tragarse otra anfetamina, Leandro cerró los ojos haciendo un esfuerzo para no pensar.

En el desierto de Sonora, la federal 2 iba paralela a la frontera con Arizona por unos setenta kilómetros, luego se alejaba ligeramente en los alrededores de Cerro Prieto, para acercarse de nuevo en Sonoyta. En aquel punto se desviaba claramente hacia el sur, en medio de la nada: arena y cactus hasta donde llegaba la vista. Un resplandor rojizo anunciaba la inminente llegada del amanecer. En Sonoyta estaba la última gasolinera, la siguiente no la encontrarían hasta Caborca, ciento treinta kilómetros después. Y el medidor señalaba un cuarto de tanque.

—Nada de jueguitos, ¿de acuerdo? —murmuró Bart, arrastrando las palabras. Agarró la mochila del suelo y la puso entre los brazos de Leandro, para esconder las esposas. Se detuvo en la enorme estación, atascada de mastodónticos tráileres, pipas y algunos autobuses. Bart se bajó y se apoyó en la ventanilla de Leandro. Un chico fue a llenar el tanque sin mostrar el mínimo interés por él y el pasajero. Bart regresó al volante. Tenía los ojos rojos como brasas, cuanto más se los frotaba con el dorso de las manos, tanto más se le irritaban. Siguiendo el flujo de los tráileres sin rebasarlos, Bart tomó una botella de agua de debajo del asiento, bebió un sorbo y se la dio a Leandro, que al verla se dio cuenta repentinamente de que tenía la garganta seca. Se tomó casi medio litro, para luego recuperar el aliento jadeando ruidosamente. Aplacada la sed, fue como si en su mente la niebla se disipara, y un pensamiento, más que cualquier otro, volvió a torturarlo: después de él, seguramente también habían "enganchado" a Adelita. La creciente inquietud lo llevó a tomar la iniciativa, y preguntó:

—¿Para quién trabajas?

Bart, una vez más, pareció resurgir de una pesadilla. Después de un rato, respondió:

—Para uno que ni tú ni yo podremos detener jamás.

—Pero antes… dijiste que querías aguarle la fiesta…

Bart se encogió de hombros, abrió la ventana y escupió.

—Se dicen tantas pendejadas… Claro, al menos me gustaría hacerle una fregadera, considerando que ya estoy acabado. Pero sé que todo es inútil.

Leandro se volteó en el asiento con un movimiento nervioso y se quedó mirando a Bart, que luego de un rato se impacientó:

—¿Y bien?

—Aquel tipo te llamó "capitán".

—Sí, pero sólo fue por una vieja costumbre. Serví a la *patria* —añadió en tono sarcástico— durante largos años.

—Parece que incluso has dejado de creer en lo que hacías —respondió Leandro, abiertamente provocador. Bart frenó de golpe, orillándose de un volantazo. Lo tomó por el cuello, y con voz sofocada exclamó:

—¡¿*Creer*?! ¿Qué dijiste? *Creer*… Pedazo de idiota, *creer* es una palabra que no existe en la vida real. ¡Mira a tu alrededor! ¡Abre los ojos, retrasado! *Fuckin' loser*… Eres sólo un pinche perdedor. *Creer*… Ya nadie cree en nada ni en nadie. ¿En dónde has vivido hasta ahora? El mundo sigue adelante sin necesidad de *creer* ni madres. Gira, envejece, se regenera, muele vidas, crea, destruye, y nada de esto sucede sólo porque alguien lo *cree*, ¡idiota!

Leandro intentó aflojar la presión aferrándose con las manos al brazo de Bart, que tenía espuma en la boca y los ojos desorbitados. Lentamente, el apretón perdía fuerza, pero no por los tirones de Leandro: Bart estaba colapsando. Volteó los ojos y se desplomó contra la portezuela izquierda, mientras que un hilillo de sangre le escurría de la nariz.

Está este coágulo negro que te comprime el cerebro. Una especie de tumor, pero es líquido. El horror absorbido se transformó en putrefacción, y presiona para brotar hacia afuera. Llevabas tres noches sin dormir, viejo Bart… Tienes la carretera por delante, pero no puedes seguir. Una carretera en el desierto… ¿Te acuerdas? Se llamaba desierto de Atacama, te habían enviado allá en helicóptero desde Santiago, para detener a un pequeño grupo de pobretones ilusos, confiados en que todavía se podía resistir. Los bloquearon a pocos kilómetros de Antofagasta. Eran unos cuarenta, uno que otro viejo fusil, las pistolas con pocas municiones… La mitad cercenados al primer choque, y la otra mitad se rindió justo después. El teniente del ejército chileno te preguntó qué hacer. Tú ni siquiera respondiste. Los prisioneros estaban arrodillados, parecían una fila de costales polvorientos a la orilla de la carretera. El viento levantaba nubes de arena finísima, algunos de ellos tosían doblándose hasta rozar el piso con la cara. En esos tiempos aún tenías la fiel Colt Government .45 ACP. Un tiro en la nuca, un paso adelante, un tiro en la nuca, un paso adelante… Al séptimo disparo, te detuviste a cambiar el cargador. Un tiro en la nuca, un paso adelante, un tiro en la nuca… Se desplomaban o daban de frente contra el asfalto, y ninguno intentaba hacer nada. El último, sin embargo, volteó a verte. Le disparaste en la sien. Luego, la orden de enterrarlos en el desierto de Atacama, veintinueve hombres y doce mujeres desaparecidos en la nada, nunca existieron… Ahora solamente son polvo de huesos mezclado con la arena finísima que el viento mueve de un lado a otro sin parar, y se cuela en cada mínima fisura, irritando los ojos de los camioneros…

Tosió. Y fue como un estruendo que le destrozó el cráneo. La luz del día lo cegaba. Trató de levantarse aferrándose al volante, luego giró de golpe la cabeza a la derecha: estaba solo. Palpó con la mano hasta encontrar la manija, abrió la portezuela, salió tambaleándose. Miró a su alrededor. Divisó al italiano a tres o cuatrocientos metros, corría torpemente por la orilla de la carretera. Tocó la funda de la pistola bajo la chamarra: estaba vacía. Regresó al auto, abrió la cajuela, levantó la tapa del doble fondo y tomó la *malysh*, metió un tiro en el cargador, se puso al volante, encendió el motor y fue tras él.

Leandro estaba tratando de llegar a una casucha de tabicón que tenía escrito con brocha *Vulcanizadora*[*]*,* y montones de llantas usadas esparcidas alrededor. Era la única construcción a la vista. No sabía qué hacer, pero sin duda el encargado debía de tener alguna herramienta para liberarlo de las esposas. Correr con las manos atadas resultaba bastante difícil, perdía continuamente el equilibrio y avanzaba a tropezones. Cuando escuchó el ruido a sus espaldas, sintió una desesperación aniquilante: no habían pasado ni siquiera diez minutos, y ese loco ya había recuperado el conocimiento… El Pontiac frenó a pocos metros. Leandro se desvió hacia la llanura, pero sus pasos se volvían lentos y perdían impulso.

—¡Oye, *loser*! ¿Adónde diablos vas?

Leandro volteó. Sostenía la Glock con ambas manos. Bart agitó en el aire la pequeña y compacta metralleta mientras sacudía la cabeza como frente a un chico insensato.

—Bueno, *loser*: ahora la pistola la tienes tú —dijo apuntándole con su arma.

Leandro, en pocos segundos, evaluó la situación: no podía pretender ser más veloz y preciso que él, así que dejó la pistola apuntando al suelo; llamar la atención del encargado y de su familia hubiera significado condenarlos a muerte: se habrían convertido en testigos que eliminar. Desconsolado, se dirigió al auto. Bart le quitó la Glock, diciendo:

—No se empuña una pistola si no se está dispuesto a usarla.

—*Ma vaffanculo* —maldijo Leandro, entre dientes.

Más tarde, viajando hacia el sur, Bart preguntó:

—¿Por qué no me disparaste? Me refiero a antes, cuando me quitaste la pistola.

—Porque soy un idiota. Lo dijiste tú también, ¿no?

Bart resopló, mostrando una sonrisa burlona.

—No, no es por eso. Dispararle a un hombre, matarlo a sangre fría, no es un acto que se improvise. Se necesita cierta práctica hasta para eso, *loser.*

—Párale con lo de *loser* —le espetó Leandro.

—¿No te gusta? Aun así eres un perdedor nato, y siempre lo serás. Mira lo que acaba de pasar: pudiste matarme e irte por tu lado. Pero no tienes güevos para hacerlo. No sabes tomar la iniciativa, porque eres un *loser* —Bart lo observó con un extraño brillo de interés en los ojos—. O tal vez me equivoco… quizás el motivo es otro.

—Dímelo tú —replicó Leandro, sombrío y encabronado; también se lo preguntaba a sí mismo, ¿por qué no le había disparado de inmediato?

—Si me matabas, nunca hubieras sabido… todo lo que quieres saber. ¿O no?

Leandro, a su vez, lo miró:

—¿Y entonces qué esperas para decírmelo?

Bart volvió a mirar la carretera enfrente, una recta que se perdía en el infinito.

—Todo a su tiempo, no hay prisa —murmuró entre dientes.

Al acercarse a un pueblo llamado Los Tajitos, Bart dijo:

—Ya me dio hambre. Dime una cosa… si te quito las esposas y nos paramos a comer algo, ¿puedo confiar en tu… sentido común?

Leandro asintió murmurando:

—No hay de otra. Total, con eso —y señaló el arma sólida y compacta— puedes acabar con un restaurante entero.

Bart levantó el arma que tenía apoyada en las piernas:

—Bueno, tendré que volver a guardarla antes de que alguien la vea. Bonita, ¿no?

Leandro miró el arma sin ningún interés.

—Los rusos le dicen *malysh*, "niño". Es la versión pequeña de una Kalashnikov: misma potencia y capacidad de fuego, pero de la mitad de tamaño. Un recuerdo de Nicaragua.

—Puedo imaginar el fin que tuvo el dueño anterior —fue el comentario ácido de Leandro.

—No, no puedes imaginarlo —replicó Bart, en tono sarcástico—. Ni aunque te esfuerces, nunca podrías *imaginártelo*.

Intercambiaron una rápida mirada. Leandro percibió en los ojos del otro una luz fría, una especie de escalofriante indirecta que lo convenció de no decir más.

ASESINO INVISIBLE

Una vez que regresó a la terminal de autobuses de Tijuana, Toribio encontró fácilmente el locker en el guardaequipajes, pero fue
detenido por un guardia que le pidió la suma que debía por más
de un mes de almacenamiento: los *pesos** pagados por Lázaro
cubrían sólo una semana, por lo cual el contenido ya había sido
removido y consignado a la oficina. La cantidad que debía desem-
bolsar lo habría dejado sin un quinto, y Toribio intentó negociar
el precio, explicando que su hermano no había retirado el objeto en cuestión porque había fallecido en un accidente. El guardia
hizo una expresión de profunda aflicción, pero no le concedió
gran cosa. Finalmente acordaron un descuento que dejaría en los
bolsillos de Toribio los *pesos** suficientes para quitarse el hambre por un día. En la oficina, retiró una pequeña bolsa de tela.
Esperó a estar en el autobús para mirar adentro. Había sólo una
agenda y un extraño sobre de esos que se usan para proteger los
rollos fotográficos de las radiografías de las aduanas. Dentro del
forro de plomo, otra bolsita de plástico transparente, con pedazos de cemento desmoronado y un fragmento de varilla completamente oxidado. Toribio cerró con cuidado la bolsa protectora,
advirtiendo una extraña sensación que, desde la espina dorsal,
le recorría el cuello y la nuca, electrizando los abundantes cabe-

155

llos negros y brillantes. Hojeó febrilmente la agenda: citas, llamadas, direcciones… nada fuera de lo común. Pero en la parte final, donde estaba el espacio para las notas, aparecían extraños datos y observaciones, escritos con una caligrafía ligeramente diferente del resto: era seguramente la mano de Lázaro, su hermano, no tenía dudas, pero parecía más nerviosa, agitada…

Un rem corresponde al daño que provoca un rad de rayos X.

Las radiaciones ionizantes dañan a los seres vivos a través de la ruptura de los enlaces químicos en el interior de las células. Es suficiente una prolongada exposición a una fuente de sólo 5 rem para sufrir alteraciones en la fórmula sanguínea. Si a 100,000 rem la muerte es casi instantánea y a 10,000 sobreviene en horas, también a 1,000 rem uno está liquidado al cabo de pocos meses. Entre 600 y 700 rem, todo depende de la constitución física: deceso en unos cuantos meses, pero de cualquier forma alteraciones graves en la fórmula sanguínea, en las glándulas, molestias en el aparato digestivo. A 200 rem la casuística registra el 20% de casos de muerte, mientras a sólo 100 rem ya se manifiestan cansancio persistente, pérdida de cabello y de vello corporal, alteraciones sanguíneas generalmente no graves, y también elevados riesgos de muerte en caso de infecciones por cualquier motivo.

Por las investigaciones que he realizado, las dosis varían entre 50 y 150 rem. Aquí el asunto es otro: se trata de exposición prolongada, es decir, de años, no solamente de días o semanas. Esto provoca no sólo alteraciones en la fórmula sanguínea, sino también modificaciones en el ADN. *Si bien la casuística en los adultos varía dependiendo de la constitución física, la alimentación y la edad, en lo que concierne a los niños nacidos posteriormente no hay esperanza.*

Al principio pensé en las agujas de cobalto de la radiotera-pia: la disposición de un equipo viejo tiene un costo aproximado de dos mil dólares, para evitar un gasto al fin y al cabo irrisorio, alguien pudo haber desechado uno o más equipos entre la chata-rra del deshuesadero. Pero cuando finalmente realicé los prime-ros registros con el contador Geiger (omito aquí las dificultades para conseguirlo), cambié de idea.

Es espantoso.

Para semejante cantidad, esparcida prácticamente por donde-quiera, si bien en distinta intensidad, no pueden ser suficientes las agujas o las pastillas de cobalto empleadas en radioterapia. Temo que se trate de otra cosa. Quizá tiene que ver el grafito: podrían haberlo mezclado con el cemento.

He observado que los niños de tierna edad y los ancianos con enfermedades crónicas resultan ser los más vulnerables. Pero des-graciadamente la alimentación, escasa en proteínas y vitaminas, ha vuelto más susceptibles incluso a individuos de otra forma des-tinados a una mayor resistencia.

No sé qué hacer. Advierto un cerco creciente que ya me rodea. A cada paso que intento dar hacia adelante, me encuen-tro cada vez más atrás. Las mismas víctimas parecen encerra-das en una red capilar que las vuelve impotentes. A cambio del silencio, obtienen favores que para cualquiera de su nivel serían impensables. Y sobre todo eso reina un clima difícil de descri-bir: amenazante e impalpable al mismo tiempo. Constantemen-te presente pero inaprensible. El sabotaje en mi contra ahora resulta claro. Cometí algunos errores: me descubrí demasiado pronto. Si intentara hacer llegar este material a algún periódi-co, temo que firmaría mi salida de escena. En el peor sentido de la expresión.

Como sea, si están leyendo estas líneas, quiere decir que cometí otro error. El definitivo.

Cuento con tener los resultados escritos de los análisis dentro de pocas semanas. Si todo va bien, los encontrarán junto con esta agenda. Y también la descripción de los casos estudiados por mí, con nombres y datos. Buena suerte.

Toribio, con un nudo en la garganta, volvió a hurgar en la bolsa de tela, pero sabía que sería inútil: no había nada más. Lo habían matado antes de que pudiera anexar los resultados de los análisis. En cuanto a la lista de los casos, una parte se la había enviado a Leandro junto con su carta.

Bajó del autobús presa de un temblor que le dificultaba caminar rápido. No tenía dinero suficiente para tomar un taxi. Buscó un *pesero** que lo llevara a la Mesa de Otay. Un par de horas después tocaba a la puerta de don Justo Camarena. En voz baja y tono monocorde, les contó *todo* a él y a su mujer. Los dos pobrecitos se quedaron mirándolo mudos, confundidos, incapaces de reaccionar.

—Ahora entienden que tienen… que *tenemos* que hacer algo.

Don Justo levantó las manos como si quisiera juntarlas para rezar, pero el ademán se quedó a medias: las palmas abiertas que temblaban delante de su rostro eran una imploración, una petición de piedad.

—¿Y qué… qué tenemos que hacer? Si de verdad… Mijito, ¿adónde podríamos ir? ¿Y quién pagaría las medicinas de la chiquita? Si tu hermano tenía razón, entonces… ¿cómo hacemos nosotros, gente pobre, para oponernos a todo eso? No, no… No puedo creerlo. No puede ser…

Don Justo se levantó de un salto, se puso a caminar en la habitación mientras seguía murmurando: "No, no, no". Su mujer, palidísima y desencajada, lo paró tomándolo de un brazo.

—Justo, ya, basta. Voy a hablar con las pocas personas en quienes confiamos en este maldito lugar. Y tú vas a hacer lo mismo. Basta, Justo, basta…

El hombre la abrazó con un ímpetu desesperado.

Toribio convenció a don Justo de seguirlo. Un vecino les prestó una desvencijada camioneta Ford que se caía a pedazos, pero el motor arrancaba no obstante los tronidos y jaloneos. Cuando llegaron al *Seguro Social**, Toribio entró como un tornado y propinó un *uppercut* en la mandíbula del guardia armado que sólo había hecho la finta de impedirle el paso. El tipo fue a azotarse de espaldas contra la pared del pasillo y luego se dejó caer lentamente, desvanecido. Con don Justo sin despegársele, Toribio abrió de par en par la puerta de la oficina del doctor Acuña: la secretaria no tuvo tiempo de reaccionar. Sin embargo, la amplia oficina del director estaba desierta. Retrocedió, arrebató el teléfono de la mano de la secretaria que intentaba pedir auxilio, lo estrelló en el escritorio, tomó a la desventurada por el cuello, y siseó acercándose a su oreja:

—¿Dónde está ese cerdo?

La joven tosía y ponía los ojos en blanco, emitiendo gañidos y gorgoteos. Don Justo apoyó una mano en el hombro de Toribio y le dijo:

—Tranquilo, mijito, tranquilo… así la vas a matar.

—Dime dónde está o te estrangulo.

Aflojó ligeramente, y la mujer señaló un directorio telefónico sobre el escritorio. La dirección privada del doctor Acuña encabezaba la primera página.

—¿Está en su casa? ¿Estás segura?

Ya cianótica, la secretaria asintió.

—Si me tomas el pelo regreso y te arranco la cabeza —dijo Toribio en tono glacial, casi calmado—. Y te recomiendo no llamar a nadie. Éste es un asunto que no te incumbe. Entre menos sepas, más tiempo vas a vivir. ¿Entendiste?

La pobrecita seguía moviendo la cabeza de arriba abajo, sobándose la garganta. Respiraba con un silbido sordo, ahora ni siquiera lograba toser.

Cuando regresaron a la camioneta, don Justo regañó a Toribio:

—Exageraste. Ella probablemente no es culpable.

—Son todos de la misma calaña. Hienas y parásitos —sentenció el joven boxeador, cerrando la conversación.

La casa del doctor Acuña se encontraba en un fraccionamiento residencial con jardines, callecitas arboladas y tráfico escaso y lento. El timbre exhaló una serie de notas empalagosas. Apareció una sirvienta: rasgos indígenas, cofia y pequeño delantal blanco con encaje.

—¿Está el doctor Acuña? Tenemos cita.

Los examinó perpleja, luego osó preguntar:

—¿De parte de quién?

—*De la puta que lo parió** —Toribio fue al grano haciendo a un lado a la joven ama de llaves, pero esta vez intentó ser delicado, no utilizó mucha fuerza.

Irrumpió en el vasto salón de la planta baja: nadie. Se volteó, vio a un niño de diez u once años que avanzaba en un Jeep Laredo eléctrico perfectamente reproducido en miniatura, y en ese momento escuchó una voz desde arriba que decía:

—Concepción, ¿quién era? Tocaron…

Toribio levantó la mirada, y en lo alto de la escalera del vestíbulo vio al doctor Acuña. Se quedaron viendo por un instante. El director del *Seguro Social** retrocedió, Toribio se lanzó a las escaleras y las subió como de rayo. Lo atrapó en la recámara, mientras abría el cajón del buró. Un gancho al riñón izquierdo cortó de tajo la respiración del doctor Acuña. Toribio agarró el pequeño revolver del cajón, un .38 Special cromado. Abrió el tambor: estaba cargado.

—¿Me habrías disparado, hijo de puta?

Recobrando lentamente el aliento, el doctor balbuceó:

—Estás en mi casa… No vas a salir bien librado…

—Tampoco tú. Comoquiera que esto termine, tú te vas por delante —y le puso el cañón en la frente.

—Qué más quieres… Te suplico, si el asunto es conmigo, liquidemos la cuestión fuera de aquí… A mi hijo… no lo involucres, te lo ruego.

—¿Quién más está en la casa?

—Nadie. Mi mujer regresará más tarde, y mis otros dos hijos están en la playa, en Ensenada, con sus tíos…

Arrastrando al doctor, Toribio se asomó por las escaleras: abajo, don Justo discutía tranquilamente con la sirvienta. Ambos tenían la cara triste. Don Justo levantó la mirada y dijo:

—Estaba explicándole a… a Concepción que no queremos hacer nada malo. ¿Verdad?

El joven asintió, pero la cara desencajada del doctor Acuña espantó al niño, quien corrió a su encuentro. El padre lo tranquilizó:

—Los señores son nuestros amigos, no te preocupes… Regresa abajo a jugar, que dentro de poco llega mamá y cenamos…

Toribio había escondido el .38 en el bolsillo. Esbozó una sonrisa al niño, quien pareció relajarse. Don Justo se acercó y le acarició la cabeza, murmurándole algo en tono dulce. Luego todos se fueron al estudio de la planta baja, incluida la sirvienta. El doctor Acuña intentó oponerse, diciendo:

—¿Ella qué tiene que ver? Déjenla en paz, estaba preparando la cena…

—Y en cambio está aquí con nosotros, ¡así sabrá qué gran hijo de perra es su *patrón*! —gruñó Toribio.

El doctor levantó los hombros, haciendo una mueca, y dijo en tono sarcástico:

—Como si hubiera tenido alternativa… Pudo ser peor, muchacho, mucho peor.

Toribio se sorprendió: no esperaba que la arrogancia del doctor resurgiera tan rápido, y en semejante situación. Viéndolo fijamente a los ojos, murmuró:

—Quizás aún no te ha quedado claro que estoy más que dispuesto a matarte.

También entonces el director del *Seguro Social* reaccionó con desenvoltura:

—Claro que sí, lo sé, lo sé… Comprenderás que como están las cosas, que lo hagas tú o los otros, me da igual…

—Explícate.

El doctor Acuña se dejó caer en el sillón de piel negro, miró el techo y dijo:

—Ya hice y dije cosas que me costarán caras. ¿Sabes, muchacho? Por más ridículo que te pueda parecer, ni siquiera yo puedo más. Y no… no me pondré a decir palabras estúpidas como dignidad, conciencia… No, no. El otro día, tú mismo dijiste que están bien para los libros escolares, pero que la vida real está hecha de mierda y lodo. Lodo en donde flotar y mierda para tragar. Pero sucede que… no puedo más. Qué extraño. Jamás me habría imaginado que llegaría a este punto. Debo haber enloquecido —observó a su alrededor, como para echar un último vistazo a algo que debía abandonar—. Estoy mandando a volar todo esto. Dinero, comodidad, todo. Sí, debo haber enloquecido.

Luego vio a don Justo, que había permanecido de pie junto a un enorme florero con una palma, y le pareció percatarse de él por primera vez.

—Disculpe, pero… ¿usted quién es?

Don Justo se acercó con pasos lentos y pesados, apoyando el bastón con fuerza. Cuando estuvo a su lado, dijo:

—Vivo en un departamento del condominio El Porvenir, doctor Acuña. Mi nietecita se está… se está muriendo de leucemia. Y usted sabe el porqué, ¿verdad, *doctor*?

El otro se pasó una mano por la cara y abrió la boca dos o tres veces antes de decir, con voz apagada:

—Lo siento. Pero si cree que va a resolver algo agarrándosela conmigo… Sí, tengo mi parte de responsabilidad. Sin embargo, le aseguro que si hubiera intentado cambiar las cosas, habría terminado como el doctor Alvarado y en mi lugar estaría otro.

Toribio intervino:

—Ahora sabemos todo. O casi. El resto nos lo vas a explicar tú.

Y le contó brevemente cuanto sabía.

El director del *Seguro Social** escuchó con mirada vítrea y el rostro descompuesto. No estaba impresionado por aquellos detalles que ya conocía. Tal vez estaba pensando en qué le esperaba. Porque en él algo se había roto y ya nada sería como antes.

Les ofreció llevarlos a su oficina. Se sentó entre Toribio y don Justo. Ninguno abrió la boca hasta el momento en que la vieja camioneta se paró delante de una entrada secundaria. Toribio mencionó los "problemas" que había tenido poco antes con el guardia y la secretaria. El doctor Acuña le rogó que confiara en él y que lo dejara ir solo: tomaría el material y saldría, nada más. Su voz estaba tan exhausta, sin la mínima energía vital, que Toribio le creyó.

Veinte minutos después, cuando ya el joven comenzaba a desesperarse y don Justo le rogaba que se tranquilizara, una figura encorvada y patética salió por la puerta: el doctor Acuña parecía la sombra de sí mismo. Dio a don Justo un fólder con varias hojas dentro.

—Miren, con esta información podrán al menos intentar prender la mecha. Pero no se hagan ilusiones: ellos tienen los medios para apagarla antes de que estalle el escándalo. Si conocen a un periodista suicida que esté dispuesto a meterse en este lío, aquí tienen todo lo necesario para demostrar que no están desvariando. Inténtenlo, y buena suerte. Les fotocopié todo aquello que logré reunir de un año a la fecha. No sé por qué… Debí haberlo destruido, y si supieran… Bueno, solamente les pido que no me involucren. Así, al menos tendré tiempo de poner a salvo a mi familia. Se lo suplico. Me bastará una semana a lo sumo. Siempre que… *ellos* no hayan decidido hacerlo ya.

El hombre encorvado y patético se alejó a pie. Paró un taxi en la *avenida** cercana y desapareció en el tráfico frenético de la tarde.

COMPAÑEROS DE VIAJE

La parada en la fondita a un lado de la carretera tenía algo de surrealista. Bart se portaba como un viejo amigo jovial, mientras Leandro, constantemente alarmado por aquellos cambios repentinos de humor, hacía todo lo posible por seguirle la corriente. Bart pidió un montón de comida, pero de cada platillo que le llegaba sólo comía unos cuantos bocados: además del cerebro, las anfetaminas le habían devastado también el estómago, pensó Leandro. Él, en cambio, devoró todo y hasta se echó tres cervezas, bajo la mirada satisfecha de su secuestrador. Ni le pasó por la cabeza la idea de intentar fugarse, aunque, a decir verdad, hubiera sido muy difícil hacerlo en ese lugar en medio de la nada y con el gringo que parecía ya haber recuperado las fuerzas. Y quizá tenía razón él: para Leandro la curiosidad era mucho más fuerte que el instinto de conservación, y poder descubrir la verdad sobre lo que estaba pasando lo retenía ahí, en estado de inconsciencia y sin querer preguntarse cómo iba a salir vivo de esa situación. Lo que lo agobiaba, si acaso, era pensar en cómo y cuándo poder agarrar la videocámara… Y en cuanto a la imagen de Adelita que una y otra vez volvía a su mente y le provocaba una opresión en el pecho, trataba de alejarla refugiándose en el pesimismo más absoluto: evocando su propia muerte lograba controlar la preocupación de lo que podía pasarle también a ella.

Rumbo a Santa Ana, donde iban a tomar la carretera que bajaba directamente de Arizona, el ambiente en el coche resultó bastante tranquilo: Bart bromeaba y lo retaba, como si a su lado fuera alguien que le había pedido un aventón en la carretera. Ni siquiera le había vuelto a poner las esposas. Y Leandro se esforzaba por mantener abierto aquel diálogo de locos, sin complacerlo demasiado: era claro que al gringo le gustaba discutir y picarlo con temas que los enfrentaran. Tras mencionar Nicaragua, Leandro le preguntó cuándo había estado ahí. Fue la chispa que encendió la discusión.

—Yo también estaba en esa zona en el 83 —dijo Leandro—. Durante unos meses seguí a un *Batallón de Lucha Irregular**, las unidades de ataque sandinistas. Más que sus acciones, filmaba los resultados de los memorables actos de los contras cuando llegábamos ya demasiado tarde: escuelas destruidas, cooperativas campesinas quemadas, mujeres violadas y degolladas…

Bart sonrió sarcásticamente.

—¿Qué imagen de la guerra tenías antes? ¿Te imaginabas caballeros con armadura que muy cortésmente anunciaban: "Disculpe, señor enemigo, estoy a punto de atacar; le recomiendo ponerse a la defensiva"?

—¿Guerra? Lo que hacían los contras era terrorismo, nada más. Y de lo más cobarde que he visto en mi vida.

—Interesante distinción: todavía eres tan ingenuo como para pensar que hay una diferencia. Pero… es chistoso, ¿no? Puede ser que en alguna ocasión tú y yo hasta hayamos estado a pocos pasos el uno del otro.

—Lo dudo —replicó Leandro, mientras sostenía la mirada sarcástica del gringo—. Los contras evitaban acercarse a los soldados sandinistas. Ellos mataban sólo a personas indefensas. Yo estaba ahí, y me quedé dos años. Esos rollos que aventaban los medios al mundo entero yo no me los tragaba.

Bart asumió una expresión de viejo maestro que tiene que enseñar algo a un estudiante terco y testarudo.

—Bien, *loser,* muy bien. Diste en el clavo. Los medios, dijiste. Tú, ¿cómo ves? ¿Te imaginas un Gran Hermano que controla y coordina todos los detalles, que orquesta una campaña de mentiras y censura las voces discordantes? ¿Eh? ¡Ay, por favor! ¡No puedes ser tan idiota como para creerte una maquinación global de rollos periodísticos!

—De hecho, no. Se trata más bien de los medios que uno tiene a disposición. Y, casualmente, los que se oponen a sus intereses no tienen medios suficientes para decirle al mundo cuál es su punto de vista respecto a eso.

Bart asintió de manera exagerada, recalcando la actitud de padre paciente con un hijo ingenuo.

—Y tú, ¿no se supone que tenías una videocámara? ¿No estabas ahí para mostrarle al mundo la terrible injusticia que estaban perpetrando contra el pueblo nicaragüense? Dime algo: ¿cuántas televisoras aceptaron tu material?

—Prácticamente ninguna —admitió Leandro.

—Claro, pero te convenciste de que todo era culpa del complot internacional, del sometimiento global a la voluntad del Tío Sam, ¿verdad? Pobre iluso. Escúchame muy bien, *loser:* ¿sabes por qué nadie ha transmitido tus videos de denuncia? Porque a la gente le vale madres, no quiere saber, prefiere no escuchar. Es exactamente lo contrario: no están todos manipulados por el Gran Hermano, están sordos y ciegos a cualquier cosa que pueda amenazar su tranquilidad. Si intentas hacerlo, cambian de canal. Por eso, todo es inútil: les puedes mostrar cualquier cosa, pero ¡les vale! A lo mucho, les causa un pequeño malestar y, al día siguiente, ya se les olvida.

Leandro negó con la cabeza.

—No… En parte es así, pero… Uno no se vuelve director del noticiero, si…

—¡Ya basta! —exclamó Bart, con un tono absurdamente alegre—. No tienes esperanza, ¿sabes? Te doy un ejemplo concreto, entonces. Entre los años cincuenta y sesenta el gobierno de Estados Unidos autorizó una serie de experimentos nucleares en plena atmósfera. Más de noventa explosiones. En algunas regiones del país la lluvia radiactiva fue diez veces mayor que aquella que siguió al desastre de Chernóbil en el 86. Y me refiero a la contaminación del pasto, de la leche, de la carne, y demás. Querían estudiar sus efectos para mejorar las defensas y el potencial ofensivo. Millones de estadounidenses como conejillos de Indias, y sin saberlo. Hasta vaporizaron agentes químicos y bacteriológicos en el metro de Nueva York. Tú ya sabes estas cosas, ¿no, *loser*?

Leandro, que se sentía cada vez más nervioso, asintió.

—Muy bien, ya las sabes. Entonces: se habla de por lo menos cien mil casos de cáncer de tiroides. Y un sinnúmero de otros trastornos y enfermedades, más o menos graves. Y además las mujeres embarazadas expuestas a radiaciones para averiguar los efectos en el feto, y por no hablar de los más de doscientos bebés a los que les inyectaron yodo 131 para comprobar la reacción en el funcionamiento de la tiroides, y… Bueno, dices que estas cosas ya las sabes. Ay, ¡qué difícil! Las publicaron claramente los periódicos más importantes, incluyendo el *New York Times*. Y, ¿qué pasó? ¿Histeria colectiva? ¿Insurrecciones, disturbios, manifestaciones, indignación? Nada. Absolutamente nada. A ver, dime: ¿por qué la gente no se inmutó frente a las pruebas de que fue usada como rata de laboratorio? ¿Por qué no ha querido saber si algo así aún sigue pasando?

Leandro se quedó en silencio.

—Te lo digo yo, *loser*: cuando el horror rebasa, cuando es demasiado, no hay ninguna reacción. No quieren registrarlo, lo eliminan de inmediato, piensan en otra cosa. Puedes echárselo en cara todas las veces que quieras, ¡pero en su caja craneal van a seguir cambiando de canal! Así funciona: si provocas el máximo horror, obtienes la mínima reacción.

Leandro se agachó para agarrar la mochila y se la aventó a las piernas con un gesto de irritación.

—Estás generalizando —dijo, mientras Bart echaba una mirada aparentemente distraída a la mochila—. No todos, y de todas formas… estás hablando de *tu* gente. Los nicaragüenses, por ejemplo, eran todo menos indiferentes.

Bart dio un manotazo al volante.

—Sí, cómo no, *mi* gente. ¿Y la tuya? A ver, dime: ¿crees que estarían dispuestos a renunciar a todo lo que tienen? Tal vez tienen demasiado, más bien con toda seguridad. Pero no quieren perder ni una migaja. Y si pueden mantener su estilo de vida, si se dan el lujo de derrochar el dinero o pagar a determinado precio todo eso de lo que ya no pueden prescindir, ¿sabes a quién se lo deben? A los carniceros como yo. Inconscientemente saben que alguien tiene que hacer el trabajo sucio. No lo quieren ver, claro, pero saben que hay que hacerlo. Como buenos hipócritas no lo aceptan con palabras, pero disfrutan de los resultados.

Leandro se puso de costado y lo miró fijamente. También Bart, después de unos segundos, volteó la cabeza para sostener su mirada.

—¿De verdad estás convencido de lo que dices?

—No se trata de convicciones. Así es, y punto.

Leandro sacó la videocámara.

—Entonces… ¿por qué no lo dices frente a ésta?

Bart, de manera sorpresiva, exclamó riéndose:

—Por fin, ¡*loser*! Te decidiste.

Luego, con un tono de voz improvisamente profundo, agregó:

—Yo soy un muerto que camina. Y tú también, quizás. Entonces más te vale hacer lo que tienes que hacer. No va a servir de nada, pero hazlo.

Ponle rec y vamos…

El sol estaba bajando por el lado de Leandro, así que la cara de Bart estaba iluminada por un corte de luz *perfecto*.

No pareció que la videocámara prendida lo afectara. Retomó la palabra con la misma soltura de antes, poseído por una verborrea quizá causada por la mezcla mortal de anfetaminas, comida picante y cerveza.

—Cuántas cosas podría contarte, *loser*… Pero probablemente te las tomarías todas de la manera equivocada. Sufres de síndrome de ingenuidad. Crees que la mayoría de los seres humanos son víctimas del poder, de la desinformación, de una campaña hábilmente orquestada… Es todo lo contrario. Los pinches rollos que te inventan todos los días no te los echan porque la gente no tenga los medios para saber cómo están realmente las cosas, sino porque, de manera más o menos consciente, acepta tragárselos como el precio que tiene que pagar por sus privilegios. Nadie es inocente. Y entonces, no hay culpables.

Leandro intervino:

—Te recalco que cuando hablas de privilegios, te estás refiriendo a una quinta parte de la población mundial. ¿Y los demás?

—A los demás, por fin, logramos convencerlos de que si son miserables es por su culpa. Todo está detrás del escaparate: si no puedes entrar a comprar, significa que eres un fracasado. Bastante claro, ¿no?

Ya estaban cerca de Hermosillo y el tráfico de la autopista aumentaba. Bart manejaba de manera aparentemente relajada, a una velocidad constante de unos cien kilómetros por hora.

—Sigamos con Nicaragua. ¿Te acuerdas, *loser*? Eran los años de la guerra santa contra la droga, que para Reagan era sólo la cocaína. La ONU y los gobiernos europeos le aplaudían: ¡ándale, Ronald, dale duro! ¡Erradica el mal de raíz! Una euforia contagiosa. Todos de acuerdo. Bien: pues resulta que, al mismo tiempo, algunos de los críos de las mejores familias somocistas de Managua, que muy convenientemente se habían exiliado en Los Ángeles, estaban controlando un inmenso, incalculable e ininterrumpido flujo de cocaína de sur a norte. Y ¿sabes quién se la abastecía, a toneladas? Era un acuerdo ni siquiera tan secreto, más bien claro y a la luz del sol: los pilotos mercenarios que habíamos contratado. De ida llevaban armas y provisiones a los contras en Honduras, y de regreso atiborraban los aviones de coca. Y aterrizaban en pistas administradas por el gobierno y por el ejército, así que… En Los Ángeles, en un momento dado, se hallaron con tal cantidad de coca que ya ni sabían cómo despacharla ni dónde almacenarla. Y ahí surgió la genial idea. En Colombia, desde hace un tiempo, estaba de moda fumarla tras someterla a un breve proceso de precipitación, dejándola hervir con bicarbonato. Pero, ¡fíjate!, solían limpiarla varias veces para quitarle el efecto devastador de la reacción química con el bicarbonato al cual se agregaban solventes como la acetona y el queroseno. En resumen: en Los Ángeles sólo la cocinaban, dejándole todo lo demás. Obtuvieron el crack. El producto aumentaba en peso y volumen y costaba poco, así que al principio empezaron a regalarlo. Los Managua Boys de California eran intocables: representaban la resistencia a la tiranía sandinista y proveían de maletas llenas de dólares a los *freedom fighters,* que los tarugos como yo entrenaban y llevaban al sur… Pues fue así como el crack empezó a difundirse, primero que nada en Los Ángeles, y luego en la periferia de todas las otras metrópolis de Estados Unidos. Dependencia casi inmediata, necesidad de fumarlo en grandes cantidades, millonadas de dólares. Y una bola de rompehuevos que, en lugar de estar fastidiando con solicitudes de trabajo, subsidios de desempleo y cosas por el estilo, se reventaban el cerebro por su propia cuenta y se mataban unos a otros. *The end*. Aplausos, *please*.

Leandro encuadró el detalle de la boca, entrecerrada en una sonrisa desdeñosa.

—Entonces, *loser*: ¿cuál es la moraleja?

Contestó sin dejar de grabar:

—Es una historia que ya me sabía.

—Híjole, ¡vaya que eres una fuente de sabiduría! Una enciclopedia andante. Lo sabes todo, lo dominas todo, ¡ya no te sorprende nada!

—Tal vez no me sorprenda, pero no por eso dejo de encabronarme.

—¿Y con qué resultados? Hasta la fecha no me parece que hayas logrado conseguir muchos seguidores…

Además de su tono de voz, Bart expresó su sarcasmo acercándose al lente y sonriendo con conmiseración. Leandro no contestó. Después de una breve pausa, el otro volvió a hablar:

—A ver con qué historia puedo hacerte desperdiciar toda esa cinta…

—Lo que acabas de contar va de la mano con la bonita acción de Panamá y Noriega —lo incitó Leandro, con la esperanza de que siguiera hablando.

—¡Ay, ya! Demasiado fácil, ésa se la saben hasta los niños. Cuando la Drug Enforcement Administration se la agarra contra alguien, nosotros sabemos de antemano que la organización de la DEA se creó no para obstaculizar el tráfico de estupefacientes, sino para controlar el flujo desmesurado de dólares que produce. Pero, hablando de Panamá, hay algo que apuesto que ni tú sabes, *loser*…

—¿De qué se trata?

—Del hecho que vamos a regresar el canal al final del milenio. Y nos vamos a deshacer de toda la base militar. Todos contentos, ¿no? Lástima que los pobres panameños van a tener que aguantarse nuestros recuerditos por un par de siglos. En los tres polígonos de tiro del Southcom experimentamos con todo tipo de armas químicas, bombas cargadas de agente nervioso Virex, proyectiles de uranio y demás cosas, que se suman a los millones de artefactos explosivos sin estallar que se han ido acumulando desde los años veinte hasta hoy.

Bart se echó a reír.

—¡Y ésos la quieren hacer una reserva natural! ¿Te imaginas? Noventa y tres mil hectáreas sobre ochenta kilómetros tan infestados de porquerías letales que si un turista pusiera solamente un pie, tendría la opción de salir volando de inmediato o estirar la pata lleno de bubones y consumido por cánceres. ¡Peor que John Wayne en fase terminal!

Y se reía. Parecía que su rostro estuviera tan desacostumbrado a hacerlo, que se descomponía de manera asimétrica, volviéndose aún más espectral.

Leandro, con un imperceptible tremor en los labios, pensó que había llegado el momento de ir más allá.

—Algo que se parece mucho al asunto de los condominios en Tijuana, ¿no?

Bart se engarrotó. No contestó. Leandro insistió.

—Ésa es una historia que no conozco. ¿Por qué no me la cuentas? Al fin y al cabo… creo que estoy aquí justamente por eso.

—Párale —fue la respuesta cortante de Bart.

Leandro bajó la videocámara. La apagó. Miró las afueras de Hermosillo, preguntándose adónde diablos estaban dirigiéndose.

—Ya no tengo ganas de hablar —dijo Bart en voz baja—. Empiezo a cansarme.

Y tragó más anfetaminas.

AY, POBRE MÉXICO, TAN LEJOS DE DIOS, Y TAN CERCA DE LOS ESTADOS UNIDOS...

Damon Hogg llegó al aeropuerto Benito Juárez de la Ciudad de México en un vuelo de Mexicana proveniente de La Paz, Baja California Sur. El agente de la DEA se veía muy distinto de como lo había visto Bart Croce en Loreto. El turista gringo distraído y sin un quinto se había convertido en un ejecutivo elegante y austero: traje italiano con corbata de seda, lentes severos, portafolio de piel negra con combinación, paso ligero y aspecto decidido. En la extensa sala-pasillo de llegadas nacionales lo esperaba un chofer de la embajada, junto a la casa de cambio que le habían indicado por teléfono. Ya se conocían. Cuando intentó agarrar el portafolio, Damon se opuso con un leve ademán de rechazo casi imperceptible. Se dirigieron al estacionamiento subterráneo, donde se subieron a un Lincoln con placas diplomáticas. Mientras recorrían el Eje 1 Norte, el chofer recibió una llamada. Sólo respondió: "Vamos llegando", la confirmación de que el visitante iba con él. Al llegar a la lúgubre construcción gris plagada de vallas, que contrastaba mucho con la vitalidad arquitectónica del Paseo de la Reforma, el Lincoln fue revisado por una brigada de marines en posición de combate: verificación de probables explosivos pasando un aparato bajo

175

la carrocería, meticulosa inspección al área del motor, transmisión de datos de los documentos vía radio, espera de una respuesta, y finalmente el okey para entrar a ese búnker que es la embajada de los Estados Unidos.

El superior de Damon se llamaba Ron Nightingale, tenía cuarenta y siete años pero aparentaba más, seguramente a causa de una existencia alejada del saludable clima de Baja, donde el otro vivía desde hacía cinco años. Se saludaron sin la mínima cordialidad: fríos y profesionales, como es debido en una cita de trabajo. Y, ciertamente, su *trabajo* no preveía relaciones personales demasiado íntimas ni amistosas.

—Hay un problema, Damon.

—Pues claro, si no, no hubiera tenido que venir.

El jefe de la DEA en México se limitó a levantar las cejas para mirarlo fijamente un instante por encima de los lentes bifocales. Luego agarró unas hojas y, revisándolas distraídamente, agregó:

—¿Última vez que viste a Bart Croce?

—¿Quién, el capitán?

Ron Nightingale contrajo los músculos de la mandíbula.

—Ese grado militar ya no le corresponde desde hace mucho tiempo, Damon. Les agradecería a todos ustedes que dejaran de usarlo.

Damon asintió, apretando los dientes. Si el jefe había reaccionado así, significaba que Bart había caído en desgracia: también Nightingale estaba orgulloso de su pasado como teniente coronel de la 101ª Aerotransportada, así que la frase sonaba como una expulsión del ejército.

—Vi a Bart Croce en Loreto, como aparece en el informe que tiene enfrente.

—Gracias, Damon, pero yo me refería a posteriores encuentros, naturalmente.

—Ya no se ha puesto en contacto. Sabía que regresaría a Glendale al día siguiente...

—Lo hizo. Pero luego... regresó aquí. A México, quiero decir. Y ha concertado esto...

Ron arrojó al escritorio dos fotos a color de gran formato: los cadáveres de Stanley y Coldwell sobre una mesa de acero. Los orificios de bala resaltaban por el color negruzco, el resto era verdoso.

—¿Los conocías? —preguntó Ron.

—De vista. Trabajaban para la misma firma del... de Croce, ¿no?

—Sí. Y por suerte Stanley tenía el celular encendido. Lo localizaron justo a tiempo. La señal estaba en movimiento, y cuando finalmente se supo que se trataba de una furgoneta de la morgue, ya lo estaban metiendo en una cámara frigorífica en Tijuana. El consulado intervino a tiempo, pero no fue sencillo.

Damon alejó las fotos con un leve golpe de dedos. Preguntó:

—¿No hay ninguna duda de su responsabilidad?

—Al parecer, no. Las balas extraídas fueron disparadas por una Glock de su propiedad, un arma a la que ese hijo de puta parece estar apegado desde hace tiempo. Y de cualquier manera, el hecho de que haya interrumpido todo contacto es una confirmación adicional.

Damon disimuló bien el resentimiento, pero el otro intuyó lo que estaba pensando:

—No te viste involucrado en las investigaciones porque las dirigió uno de sus equipos, en un tiempo muy corto.

El subordinado hizo un ademán para confirmar que el asunto estaba cerrado. Luego dijo:

—¿Qué le picó a Croce? Últimamente estaba un poco extraño, sí, pero meterles balas en la cara a los colegas...

—Él es sólo una parte de todo el problema. De cualquier forma, en nuestro sector no se aceptan explicaciones cómodas, del tipo de ataque de locura u otras tonterías semejantes. Bart Croce está desestabilizando una situación muy delicada. Y nosotros tenemos que encontrarlo lo más rápido posible.

—Se trata de tráfico, ¿o tal vez lo hizo por encargo de algún *narco** local?

Ron Nightingale miró fijamente a los ojos a Damon Hogg inclinando ligeramente de lado la cabeza: una clara imposición para que ya no hiciera preguntas impertinentes. Dijo:

—En esto la DEA no tiene nada que ver. No en lo que atañe a sus funciones. Es una cuestión de vital importancia. La imagen de nuestro país está en riesgo de sufrir un grave daño, y nosotros intervenimos poniendo a disposición la estructura logística y los hombres. ¿Está claro?

Damon asintió, pensando que no estaba nada claro.

—Entonces, suponiendo que se encuentre todavía en México, ¿puedes decirme dónde tenemos que buscar a ese mestizo renegado?

El tono del jefe no había cambiado, seguía neutro y sin emociones, pero Damon no lo había escuchado jamás usar palabras semejantes, que revelaban un cierto nerviosismo. Y luego pensó: ¿no había una ley del Congreso que prohibiera las alusiones racistas en el lenguaje de los funcionarios?

—¿Te parece divertido? —preguntó Ron.

Damon recuperó inmediatamente la rigidez en el rostro, por un momento relajado en una expresión que podía parecer sonriente.

—No… para nada, señor. Estaba pensando en que ese híbrido, cruza entre un tragaespaguetis y un puertorriqueño, ahora dejará de usarnos a su antojo —contestó decidido Damon, considerando que podía, finalmente, desahogarse—. Usted lo sabe, señor: nunca me gustó tener que poner nuestras estructuras al servicio de particulares. Ellos crean las broncas y nosotros tenemos que arreglarlas.

—¡Basta!, agente Hogg —le reprochó el superior—. A nosotros no nos toca juzgar. Nos pagan por hacer trabajos. Y punto. Y todavía sigo esperando una respuesta.

Los largos años en la 101ª Aerotransportada habían dejado una marca.

Damon se aclaró la garganta, despotricando mentalmente. Dijo:

—¡Sí, señor!… Verá, no es algo fácil. Bart Croce no tiene vínculos o conocidos fijos en esta zona. En su expediente no se informa gran cosa. Por lo que yo sé, el único punto de referencia está en Zacatecas.

Ron Nightingale levantó la ceja: esto no lo sabía.

—Sí, pero… —continuó Damon—. Es una pista vaga. Hace unos años conoció a una mujer, que trabajaba como prostituta en Ixtapa. Sabe, en la costa, un poco más al norte de Acapulco…

—Conozco el lugar. Continúa —cortó Ron.

—No sabría decirle por qué motivo, dado el sujeto, pero Croce estableció una relación no muy bien definida con esa mujer. Ahora tendrá unos cuarenta y cinco, tal vez cincuenta años, y cuando la conoció tenía casi diez años menos. Luego ella regresó a vivir a Zacatecas, donde nació, y sé que de vez en cuando él iba a visitarla. Administra un restaurante, y sospecho que Croce le dio una suma de dinero, en su momento, para comprarlo.

—¿Hay un hijo de por medio? —preguntó Ron.

—Lo puedo descartar. Hace cuatro años mandé hacer unas investigaciones porque la cosa me parecía muy extraña: Bart Croce no tiene una relación humana con nadie en ninguna parte del mundo, usted ya se imaginará… Pero no resultó nada. Para mí, sigue siendo un misterio.

—En nuestro trabajo los misterios no existen.

—Sí, claro… pero yo no tenía motivos válidos para ensañarme tanto. Hasta hace unos días, Bart era prácticamente uno de nosotros. Quiero decir, alguien de confianza.

—Y ¿cuándo fue la última vez que la vio?

—Con seguridad, hace tres años. Pero también pudieron encontrarse en otro lugar. En Zacatecas no tenemos informantes.

—Esto lo sé mejor que tú —lo interrumpió el superior, restableciendo la autoridad: había asumido ese cargo hace poco tiempo, y el agente Damon Hogg conocía muchas más cosas que él, respecto a las actividades de la DEA en México. Pero no podía mostrarse como un inexperto.

—De cualquier modo —concluyó Damon— puse en marcha una colaboración con la policía local, y después del encuentro de hace tres años, parece que ya no volvió a Zacatecas. De lo contrario, me habrían avisado.

—¿Me estás diciendo que confías en los policías mexicanos? —preguntó Ron, desafiante.

—Claro que no. Pero si reciben un extra por cada información que nos dan, se vuelven muy diligentes.

—Bueno, pero de cualquier forma, mantenlos alejados. El rastro es muy vago, pero tenemos que intentarlo. Estás a cargo de la operación. Máxima prioridad.

Damon se levantó y preguntó:

—Si lo encuentro, ¿adónde lo tengo que llevar?

Ron Nightingale lo miró con frialdad.

—En primer lugar, nada de "si": encuéntralo. Segundo: el cuerpo tiene que desaparecer. ¿Fui claro?

Mientras Damon dejaba el 305 del Paseo de la Reforma para ir a reunir personalmente a su grupo de "intervención rápida", Ron Nightingale llamaba por teléfono al profesor Solomon Haverlange usando una línea satelital protegida. Tras haber escuchado la breve exposición de Nightingale, el profesor dijo:

—Muy a mi pesar, decidimos pasar a la siguiente fase. Corremos el riesgo de perder el control de la situación. Por eso, tenemos que anticiparnos a cualquier posible movimiento del adversario. A usted le pido solamente que se encargue de los desechos. Me refiero a mi exdependiente y al *señor** que usted ya sabe.

—¿Nadie más?

—No, eso espero. Estoy verificando un tercer posible obstáculo, ya avisé a mis contactos. Posiblemente nos podremos ocupar de él sin necesidad de su ayuda; en caso contrario, se lo haré saber.

Ron Nightingale colgó la bocina y se pasó la mano sobre los músculos del cuello. Tenía ganas de un buen masaje, en la embajada había excelentes fisioterapeutas. Pero debía apurarse. El fin de semana se presentaría la ocasión gracias a la cual, con un poco de suerte, podría hacerle al profesor Haverlange uno de los dos favores que le había pedido. Ordenó a la secretaria que le concertara una cita urgente con el especulador mexicano Roque Lazcano-Perret. Diez minutos después, la señorita entrada en años le comunicó que el señor en cuestión lo esperaba en

181

su residencia de Las Lomas. Ron se concedió una pausa en el sofá. Pensó que, en tres o máximo cuatro años de permanencia en la megalópolis que odiaba visceralmente, podría retirarse para hacerse diputado, o tal vez senador. Y gracias al apoyo del profesor Haverlange y de sus contactos, ¿por qué no imaginarse sentado, un día no muy lejano, en la silla de gobernador de California?

Valle de Bravo surge sobre un lago a unos setenta kilómetros de la capital federal. La cercanía y el aire puro de las montañas boscosas que lo rodean lo convirtieron en tiempos recientes en el destino del flujo que, cada viernes por la tarde, ve a miles de *chilangos** adinerados dejar el D.F. para gozar el fruto de los sacrificios semanales. En los siete clubes que brotaron en las orillas del lago se practica sobre todo vela y esquí acuático, a los cuales se ha agregado la nefasta proliferación de motos acuáticas, tormento de los primeros propietarios de residencias inmersas en el silencio lacustre. Hugo Herz Hernández era dueño de la residencia más lujosa, construida en los años de las especulaciones inmobiliarias en Valle de Bravo, en las cuales *Triple Hache** se había distinguido por su intuición y sus rápidas inversiones. Teniendo que vivir entre Tijuana —donde además de la empresa de disposición de desechos era socio de varias *maquiladoras** de capitales multinacionales—, Guadalajara, donde poseía una clínica especializada en cirugía plástica, y el D.F., donde administraba gran parte de sus negocios y estaba muy al pendiente de la bolsa de valores y aún más de un lobby de diputados, HHH comenzaba a sentir cierta fatiga: pensaba que desde hacía dos años no pasaba unas vacaciones en las tres "casas" de Puerto Vallarta, Mazatlán y Cabo San Lucas, aun cuando a sus propiedades en el Pacífico llegaba en un suspiro con su avión privado, pero… *business is business.*

A Valle de Bravo tenía que ir a fuerza, *a güevo**, como dicen los mexicanos. Estaba acordando un gran negocio para la construcción de una villa vacacional, y desde hacía meses les había advertido a sus varios colaboradores y socios que ese fin de semana estaría en el lago; si encontraban el celular apagado, que le dejaran un recado con el mayordomo de la residencia. Una vez concluidas las reuniones y las inspecciones del sábado, aprovechó para distraerse con el más reciente de sus pasatiempos: el buceo. El lago no era el escenario ideal, mucho mejores son las profundidades del Pacífico, pero es mejor que nada. Así, ese domingo por la mañana, subió a la lancha y le ordenó al piloto que lo llevara lejos de la orilla, o sea, al centro del espejo de agua, adonde esas pinches motos acuáticas no llegaban.

De la orilla del lago, alguien hizo una llamada a la Ciudad de México. Un poco después, un helicóptero despegaba hacia Valle de Bravo, adonde llegaría solamente en un cuarto de hora.

Hugo Herz Hernández se bajó de la lancha y se dirigió al muelle de su propiedad privada, mientras los sirvientes, que acudieron rápidamente, descargaban los tanques y el resto del equipo. Había permanecido en la profundidad por casi una hora. Excursión poco estimulante, el fondo estaba cubierto de fango y las corrientes removían continuamente nubes de limo; de cualquier forma el paseo subacuático lo había revigorizado. Se juró a sí mismo encontrar, a toda costa, el tiempo para pasar al menos una semana en Cabo San Lucas. Si acumular tanto dinero significaba tener que llevar esa vida frenética, mejor contentarse con poco, pero disfrutar lo que ya se tenía. Lo "poco" listado antes, naturalmente.

Cuando escuchó el ruido de las hélices, pensó que el piloto estaba probando el motor por algún motivo, pero luego, al llegar a ver la superficie herbosa, se dio cuenta de que el helicóptero era otro: parecía que había aterrizado recientemente, y de la ventanilla se asomaba Roque Lazcano-Perret, el *compadre** Roque, viejo conocido y también socio en algunos negocios menores, y consultor privilegiado en los chanchullos bursátiles de HHH. Y le hacía un ademán para que se acercara.

—¡Oye, Hugo, por Dios, si no vengo yo a buscarte, no hay modo de que vea tu fea cara de bandido!

Se dieron varias palmadas en los hombros y los brazos.

—¿Qué diablos haces aquí?

—Tengo una sorpresa para ti. Ándale, súbete.

Hugo lo miró incrédulo y sorprendido.

—Pero ¿qué dices? Acabo de salir del agua… Al menos dame tiempo para darme un regaderazo y ponerme algo.

—Ay, no inventes, así estás bien. No nos bajaremos, tranquilo. Sólo quiero mostrarte una cosa. Está aquí cerca.

Hugo estaba perplejo. Roque insistió.

—¡Te digo que sólo nos toma un ratito! Máximo una hora de ida y vuelta. Discúlpame, pero esta noche tengo un compromiso. Entonces, tienes que venirte conmigo ya.

—Pero qué diablos puede ser tan urgente… —intentó resistirse Hugo.

—Un *business* de diez millones de dólares. Pero tienes que decidirte ya, porque esta noche esperan la respuesta. ¿Entonces, te apuras?

Hugo Herz Hernández, adicto a los dólares, olió el negocio. Y subió al helicóptero del socio.

A bordo vio a un fulano con aire de extranjero. Roque se lo presentó como un encargado de negocios texano. Después le explicaría. El helicóptero despegó y ganó altura inmediatamente.

Se dirigían a la Ciudad de México. Hugo intentó sacar más información, pero Roque, riendo, respondió:

—Es sorpresa, Hugo, sorpresa.

La capital se extiende a unos dos mil trescientos metros de altitud, y el helicóptero estaba volando a una altura mucho más elevada de lo normal: considerando la elevación del altiplano subyacente, se encontraban por lo menos a cinco mil metros sobre el nivel del mar. Roque parecía particularmente locuaz ese día: hablaba de tantas cosas, recordaba anécdotas, aventuras de faldas, borracheras memorables, y constantemente impedía que Hugo se distrajera. A un cierto punto el buzo dominical echó un vistazo por la ventanilla y preguntó:

—Roque, no entiendo… ¿Por qué estamos volando tan alto?

—¡Bah! Deja que el piloto haga lo suyo. Es el mejor que conozco —fue la respuesta evasiva del especulador. El "texano", mientras tanto, no abría la boca y mantenía la sonrisita en automático, ocultando la mirada detrás de los lentes oscuros.

Hugo sintió una vaga euforia. Como una efervescencia en el cerebro. Duró poco. La punzada en las sienes lo dobló en dos. Se aferró a Roque, balbuceó algo, y perdió el conocimiento.

El *compadre** lo sostuvo, tomándole el pulso. Esperó pacientemente, bajo la mirada invisible del gringo, que trabajaba para Ron Nightingale aunque no figuraba en el organigrama de la DEA en México.

Hugo Herz Hernández creía que sabía muchas cosas sobre el mundo de las altas finanzas y del capitalismo salvaje. Es más, probablemente en su campo no era de los menos listos, al contrario. Pero entre las múltiples actividades en las que resultaba ser un ignorante absoluto estaba también el buceo. Por su descuido, al cual era necesario agregar la prisa del instructor de

Tijuana que se había olvidado de explicarle algunos detalles, se estaba muriendo de una embolia. HHH no sabía, en absoluto, que después de sumergirse de manera prolongada uno nunca debe subir a un avión o a cualquier otro dispositivo que se eleve demasiados metros del suelo. La altitud, después de que la circulación ha sufrido la presión de la profundidad, produce la formación de burbujas de nitrógeno en la sangre. Tampoco Roque sabía nada al respecto. De hecho la idea había sido del taciturno señor norteamericano que estaba sentado impasible a su lado. Una vez muerto —por causas naturales, o casi— *Triple Hache** se convertiría en el único responsable de todo desastre.

—Finalmente, se fue —suspiró Roque, dejando la muñeca de Hugo. Luego tomó el interfono y comunicó al piloto—: Descendamos a la guardia médica más cercana, mi amigo se sintió mal.

Entonces vino la parte más deplorable de todo el incidente: los dos le quitaron al cadáver los pants y el traje de baño, para ponerle con dificultad una camisa, unos pantalones para vela y un blazer. Toda ropa de diseñador, naturalmente. Un magnate de las finanzas no se presenta a un hospital desaliñado como un bañista que acaba de salir de la playa. Por lo menos, no en la Ciudad de México. En los pies le volvieron a poner sus mocasines: eran de buena marca.

—¿Y los calzones? —preguntó Roque de repente, preocupado.

El otro hizo una mueca de desdén, y habló por primera vez:

—¡Qué te importa! Los mexicanos no usan.

Roque le dirigió una mirada desdeñosa. ¿Qué iba a saber ese chingado gringo lo que llevan los mexicanos debajo de los pantalones?

EL CAPITÁN VUELVE A VER EL MAR

Después de Hermosillo la carretera se dirigía perpendicular hacia el sur y esto, debido a la conformación territorial de México, significaba llegar a la costa. Para continuar tierra adentro habrían tenido que desviarse hacia el oeste, pero las carreteras, en aquella zona, eran menos transitables y sinuosas. Leandro no lograba entender si Bart tenía una meta. Bart sabía que no le quedaba mucho tiempo, así que continuó por la autopista. Más adelante, volvería a dirigirse hacia el desierto.

En Guaymas volvieron a ver el mar. Ahí terminaba la autopista. Costearon la bahía y luego, por la federal 15, regresaron al interior. Después de Navojoa, bordearon nuevamente el Pacífico hasta llegar a Los Mochis. Luego atravesaron todo Sinaloa hasta Mazatlán, unos mil kilómetros desde Hermosillo y casi dos mil desde Tijuana. ¿Cuánto duraría todavía el viaje? Leandro no se atrevía a preguntar. Bart alternaba repentinos ataques de verborrea con largos abismos de silencio. Se paraban para cargar gasolina, comer y beber, estirar las piernas, y todo con una calma irreal. Leandro se dormía a ratos; Bart nunca.

Se estaba poniendo el sol cuando apareció la aglomeración urbana de Mazatlán. Era la hora que Bart prefería: dentro de poco iba a caer la noche. En vez de tomar el tramo de autopista que lleva a Villa Unión, y de allí a Durango, continuó por la federal 15 hasta que se transformó en la avenida Ejército Mexicano; después dio vuelta a la izquierda cuando entroncó con la Gutiérrez Nájera, y acabaron en el puerto, el más grande del Pacífico mexicano. El escenario era perfecto: barcos mercantes fondeando, amarrados a los muelles o en lento movimiento en el vasto canal, sirenas a lo lejos, graznidos de gaviotas, brisa cálida y húmeda del trópico. Ningún otro viaje habría podido disponer de una escenografía mejor. Largas horas de desierto atrás, un puerto adelante: los dos símbolos de la necesidad de superar el horizonte, el único verdadero motivo de cada viaje verdadero. Leandro se sorprendió al pensar en estas cosas e inmediatamente un sobresalto de pánico lo regresó a la realidad. Qué estaban haciendo, o padeciendo, en aquel momento, Adelita, Toribio y… Se distrajo por el ademán de Bart: abrió la puerta y bajó. Leandro hizo lo mismo.

Recargados en el cofre del auto, miraron el mar y el hormigueo de actividades del puerto. Bart tenía aspecto atormentado: presionaba la mano derecha sobre el abdomen, los músculos de su rostro estaban contraídos, jadeaba. Alrededor de los ojos, hundidos, dos halos oscuros se extendían hasta las mejillas. Su semblante era grisáceo, como el de un enfermo terminal. Leandro pensó que era un caso de suicidio por insomnio, por rehusarse a dormir, y ya estaba convencido de que el gringo no viviría mucho tiempo más. También Bart, en aquel momento, estaba pensando lo mismo.

Tal vez fue por esta razón que comenzó a hablar en voz baja, en tono apagado y agotado, mientras seguía mirando el Pacífico más allá de la desembocadura del canal. Leandro tomó la videocámara, encuadró y oprimió el botón de *rec*.

—Ahora no encontrarías a nadie que pudiera decirte cómo y dónde empezó todo.

La compañía para la cual trabajo... *trabajaba*, figura como una gran multinacional farmacéutica. Pero en los últimos años la disposición de los desechos altamente nocivos se convirtió en su principal giro de negocios. No tienes idea de qué cantidad de dinero gira alrededor de la disposición de los desechos. Comenzaron con los de los hospitales, una rama ya controlada: agujas y pastillas de cobalto empleadas en radioterapia, materiales que necesitan varias décadas para perder el potencial radiactivo. Se crean lugares especiales para su almacenamiento, se siguen determinadas medidas de seguridad... los costos son considerables, y basta que un solo eslabón de la cadena esté podrido para que el material acabe en el fondo del mar o enterrado donde no debería. Entonces, gracias a la experiencia adquirida y sobre todo a las relaciones con los pudientes adecuados, *mi* compañía dio el salto de calidad: disposición de residuos nucleares para plantas de energía. De ahí en adelante el juego se volvió verdaderamente pesado. Y el volumen de los negocios, ni lo imaginas. Mira... si a Centroamérica la consideramos el "patio trasero", como decía Reagan, México siempre ha sido nuestro basurero. Así, la compañía estipuló un contrato con un gran empresario mexicano, un tal Herz, adquiriendo la mayoría de sus acciones y encargándolo de disponer las peores cosas. Como decía antes, ya nadie podría determinar las responsabilidades individuales. Herz le echa la culpa a empresas menores que él subcontrató, la compañía delega todo a sus socios mexicanos... Quedan sólo los hechos: toneladas de grafito radiactivo mezclado con cemento para construcción, que encima tiene la característica de reforzarlo, haciendo que se use mucho menos; y toneladas de metales radiactivos botados en los tiraderos de chatarra. Estos últimos terminaron en las fundidoras que produjeron varillas de construcción. Los tres edificios del condominio El Porvenir formaban parte de una especulación inmobiliaria de la cual Herz era el tiburón principal, pero también la compañía participaba de las ganancias, de ésas como de una infinidad de otras más.

Leandro seguía grabando, cayendo en un estado indefinible: la realidad vista a través de la lente era en blanco y negro, es decir, ya daba la sensación de ser un documento, no algo que estaba pasando en aquel preciso instante; pero al mismo tiempo, lo que escuchaba lo perturbaba. La videocámara es un filtro entre el camarógrafo y el mundo, y lo orilla a una esquizofrenia irresoluble pero que le permite asimilar el mal con la ilusión de no vivirlo directamente. Sin embargo, Leandro se estaba grabando también a sí mismo, porque el testimonio que iba a imprimirse en el casete constituía el horror que se lo había tragado. Horror que le concernía, lo implicaba, le producía descargas de adrenalina y puñetazos en las entrañas.

—Ese tipo, Herz, dicen que ordenó el hundimiento en alta mar de los residuos, y a estas alturas no importa gran cosa establecer si dice la verdad. De hecho, los residuos terminaron en contacto con miles de seres humanos. La compañía descubrió todo muy tarde. Como responsable de los servicios de seguridad, también tenía el encargo de controlar el comportamiento de nuestros socios más allá de la frontera. Cuando resultó claro que los desechos terminaban de ese modo, actuamos de manera magistral. Si se hubiera difundido la noticia, nuestra imagen se hubiera visto muy afectada, sin contar los gastos desmesurados para restaurar las áreas involucradas. Vertederos, fundidoras, camiones que transportaron las varillas, edificios por derribar y reconstruir en otra parte… Mejor ponerle una tapa y apretarla bien. Herz se encargó de los condóminos: favores, atenciones, pequeños privilegios, incluso proporcionar una suma mensual a las familias de los enfermos. Nosotros nos ocupábamos del silencio. Hasta que… ese doctorcillo, Alvarado, metió las narices.

Leandro sintió que le ardía el ojo: le había entrado una gota de sudor. Tragó saliva. Se recargó en la otra pierna, porque en la derecha tenía un temblor incontrolable. Bart, de perfil, seguía mirando el mar.

—Qué raro. Al principio, lo que le llamó la atención fueron las pesadillas. Visitando a algún habitante de El Porvenir, debe de haber comenzado a ver esta historia de las pesadillas… Quizás alguien le pidió somníferos para poder dormir en paz. El hecho es que se puso a recolectar datos, buscando entender, preguntándose por qué tanta gente ahí sufría de pesadillas. En sus apuntes estaba todo, y estaba en lo cierto. El cuerpo, según él, envía señales de peligro como puede, y el inconsciente capta el malestar y lo transforma en sueños angustiosos. Interesante, su teoría… dio en el blanco. En particular cuando relacionó los meses y años de sueños tormentosos con la sucesiva aparición de una leucemia. Las radiaciones estaban trabajando, lenta e inexorablemente.

Desplazó la mirada hacia Leandro por primera vez desde el inicio del relato. Estiró la mano y tapó la lente.

—No hay más. El resto ya lo sabes. Vamos.

Volvió a subirse al auto. Leandro, con pasos inseguros, fue a sentarse a su lugar. En el camino hasta Villa Unión, donde tomarían la federal 40 que llevaba a Durango, no volteó nunca a la izquierda, para evitar ver esa cara. No lograba decir nada. Solamente después de muchos kilómetros, cuando Bart, con la oscuridad, comenzó a buscar música en la radio, preguntó de repente:

—Tú lo mataste, ¿verdad?

Bart al principio pareció no entender. Después asintió, apagó la radio y murmuró:

—¿Era tu amigo?

—Sí.

Bart permaneció en silencio por un momento. Los faros de los autos en sentido contrario le molestaban. Cuando volvió a hablar, su tono tenía un tinte de agresividad.

—Sólo ejecuté órdenes, como nos acostumbraron a decir en el ejército. No me importa si me consideras el culpable con el cual desquitarte. Sí, lo hice, ¿y qué? Es como acusar a una pistola de haber disparado. Y además… creí que siempre lo habías sabido.

—Esperaba que no —dijo Leandro entre dientes—. Comenzaba a esperar que no…

Bart hizo un gesto de enojo, golpeando el aire con la mano.

—¿Qué esperabas? ¿Eh? Sólo porque maté a alguien que conocías. ¿Y todos los demás? Eres un hipócrita, como el resto de los de tu calaña. Un asesino para ustedes es aquel que usa sus propias manos, jala el gatillo o de todos modos mira a la cara a sus víctimas, pero si uno aprieta el botón desde un avión, o hace el simple gesto de mover montones de dólares condenando a morir de hambre a millones de miserables, entonces… Ah, estoy gastando saliva. Vete al infierno.

—No es a mí a quien debes decir estas cosas. No a mí.

Bart se quedó callado. Estaba ya en otra parte, perdido en la nada, donde no pensaba y no sentía.

Cuando dejaron atrás Durango y empezaron a bajar hacia el sur por la federal 45, Leandro pensó que el gringo —*el asesino de Lázaro*— podía haber nombrado aquella ciudad al azar, y que en realidad no había ninguna meta por alcanzar en su mente devastada. Pero después de Fresnillo, mientras los letreros mostraban la progresiva aproximación a Zacatecas, Bart abrió finalmente la boca para decir con voz gutural:

—Casi llegamos.

Leandro pasó del entorpecimiento malsano a un estado de ansia insoportable. No quería preguntar nada, y mientras tanto se atormentaba con las miles de variantes de aquella frase incomprensible. ¿Había decidido matarlo para después ir a morir solo quién sabe dónde? ¿O en Zacatecas había de verdad algo, o alguien, en quien pensaba desde el principio?

—Te pido un último esfuerzo —dijo Bart—. Después podrás lanzarte contra los molinos de viento esgrimiendo las pendejadas que grabaste. Era eso lo que querías, ¿no?

Leandro, finalmente, se volteó a mirarlo. La vaga sonrisa de Bart lo dejó helado: de verdad parecía un "muerto que camina", más bien, que manejaba recurriendo a sus últimas energías de zombi.

—En Zacatecas hay una persona a la que quiero volver a ver. Tú no vas a decir nada, ¿entendiste? Ni una palabra de todo esto. Hazme ese favor y mañana mismo por la tarde te vas por tu lado.

Leandro preguntó:

—Pero… ¿por qué?

Bart lo examinó buscando sus ojos en la oscuridad.

—¿Cómo que por qué? ¿Por qué te traje hasta aquí? No lo sé. Tal vez… porque no tenía ganas de hacer el viaje yo solo.

Leandro sintió de repente la necesidad de dormir. No lograba mantenerse despierto. El sueño acudió a defenderlo del cortocircuito de su mente.

ZACATECAS

El 17 de junio de 1914, Pancho Villa ordena la avanzada hacia
Zacatecas de toda la División del Norte: veintitrés mil hombres
y cincuenta piezas de artillería. En los últimos meses ha conse-
guido una serie de victorias que han hecho de él una leyenda
viviente. Tras haber consolidado el control del enorme estado de Chihuahua, ha derrotado en repetidas ocasiones a las
fuerzas federales hasta conquistar Torreón, importante centro
industrial y minero de Coahuila, que cayó el 3 de abril al final
de un sangriento asedio. El ejército revolucionario de Villa ya
es una máquina de guerra eficaz y bien guarnecida, cuenta con
trenes blindados y vagones hospital perfectamente equipados
para curar y operar a los heridos y, siempre sobre rieles, arrastra
el tristemente célebre *El Niño**, un cañón de largo alcance que
se ha convertido en la pesadilla del enemigo. De Torreón sólo
lo separan cuatrocientos kilómetros del bastión de Zacatecas.
La ciudad está bien defendida, doce mil hombres atrinchera-
dos y emplazamientos de artillería considerados impenetrables,
además de las alturas rocosas que la rodean y representan una
incógnita, porque todas las batallas anteriores se han desarro-
llado en la llanura, en donde la caballería podía soltar cargas
incontenibles. Pero Pancho Villa quiere avanzar hacia el sur

con la mayor rapidez posible, para entrar en la capital y unirse a las fuerzas de Zapata que avanzan desde Morelos. Tiene que llegar antes de que los "señoritos" de la revolución se apropien de los puestos en el poder. Venustiano Carranza, el *Primer Jefe**, teme la creciente popularidad de Villa. Le ordena detenerse y esperar. Villa reacciona presentando su dimisión como comandante al mando de la División del Norte. Todos sus generales se sublevan y declaran que consideran a Villa como su comandante, prácticamente una elección plebiscitaria que obliga a Carranza a retroceder. Las diferencias entre ambos han llegado al punto culminante. Villa, que ve en Carranza a un hombre sediento de poder, ligado a la burguesía y desentendido de las verdaderas necesidades de la gente humilde, dice de él: "Está acostumbrado a dormir entre cojines, qué tanto puede saber de lo que sufren los pobres"; lo llama *perfumado**, lo considera un viejo catrín que no conoce el sudor ni la sangre de la revuelta.

El 22 de junio las tropas revolucionarias están frente a Zacatecas. Pancho Villa tiene a su lado al *demonio* y al ángel. Son sus generales de mayor confianza, con los que tiene una relación de profunda amistad y estima recíproca: Rodolfo Fierro, impulsivo y despiadado, bestia feroz en batalla y pistolero desenfrenado en cada momento de su existencia; Felipe Ángeles, hábil estratega, experto oficial de artillería, rostro angustiado y mirada intensa, hombre reflexivo y culto que rechaza el instinto de venganza y se desvive por salvarles la vida a los prisioneros.

Felipe Ángeles prepara un plan de ataque según una praxis ya consolidada: meticuloso reconocimiento preliminar y estudio de los emplazamientos, gran movilidad de la artillería, asalto frontal de la caballería por el norte, seguido y apoyado por la infantería, bloqueo al sur para truncar la vía de escape, reservas formadas al este para dar el golpe de gracia al primer signo de desbandada del enemigo. La manera en la que la División del Norte mueve las artillerías ya ha hecho que algunos observadores militares extranjeros digan que Villa, en las grandes batallas, les recuerda a Napoleón. Pero es a Felipe Ángeles a quien le corresponde este mérito.

En la noche del 22, por uno y otro lado, se espera el amanecer que marcará de manera definitiva el curso de la Revolución. Los federales, al mando del general Luis Medina Barrón, confían en que las escarpas limitarán el impulso de los atacantes. Han preparado dos líneas de defensa dotadas de fortificaciones de piedra y reticulados: la exterior comprende los cerros de La Sierpe, El Padre, Tierra Colorada y Tierra Negra, la interior tiene como principales puntos de apoyo los cerros de El Grillo y La Bufa. En cada promontorio han plantado baterías de medio y grueso calibre y nidos de ametralladoras. Desde la cumbre del Cerro de la Bufa, un potente faro barre la oscuridad del campo adversario. Un silencio oprimente ha descendido en la ciudad que, hasta poco tiempo antes, era un punto de atracción para la próspera burguesía local: nada de conciertos sinfónicos en la *Plaza de Armas**, ni una sola fiesta suntuosa en los salones pintados al fresco de la aristocracia minera.

Con las tinieblas, un muchachito de trece años logra eludir la vigilancia de los centinelas y sale de la ciudad. Su nombre es Maclovio Sifuentes y perdió a su padre hace dos meses, fusilado por los federales con la acusación de haber difundido propaganda villista. De nada han servido los intentos de su madre: Maclovio odia a cualquiera que vista el uniforme de los asesinos, unirse a las tropas de Villa antes era un sueño, ahora es una necesidad. Quiere combatir y vengarse. Y en vista de que los generales empezaron a reclutar por la fuerza a los muchachitos de su edad, Maclovio corre el riesgo de terminar fusilado como su padre, si tuvieran que imponerle ese uniforme. Para el caso mejor saltar al otro bando.

Pero Pancho Villa, que por los niños alimenta un amor entrañable, nunca aceptará darle un fusil y mandarlo a la batalla. Cuando se lo presentan, el Centauro del Norte se echa a reír.

—Tuviste agallas al venir hasta acá, *niño**. 'Ora ve con las *soldaderas*'* y pídeles de comer. Nosotros nos estamos preparando para luchar.

—Y yo vine aquí justamente para luchar, *mi general**.

Pancho Villa trata de explicarle que en la División no se aceptan niños y Maclovio sigue inamovible, responde con impertinencia y le faltó poco para hacerle perder la paciencia al hombre que es su ídolo. Interviene Felipe Ángeles, como generalmente pasa en este tipo de situaciones.

—Tal vez nos puedas ser más útil de lo que te imaginas.

Y se pone a estudiar los mapas topográficos y la planimetría de Zacatecas con el pequeño Maclovio, que le indica cada emplazamiento de artillería, describiendo las piezas con la suficiente precisión como para poder fijar el calibre y por lo tanto el alcance, la formación de los federales punto por punto, los arsenales, los edificios ocupados por los soldados, etcétera.

Al amanecer del 23 de junio de 1914 Maclovio Sifuentes, de trece años, escucha con un nudo en la garganta los toques de trompeta que alertan a las tropas revolucionarias. El cielo está nublado, ha llovido durante la noche y además una cortina de niebla envuelve las colinas, ocultándolas a los atacantes. Tras una extenuante espera, a las 10 en punto, cuando finalmente el sol ilumina el campo, los cañones de Felipe Ángeles abren fuego y dan inicio a los combates: veintiocho piezas en la vertiente norte, diez en la sur, a las que se agregó *El Niño**, que tira desde la plataforma de un vagón de ferrocarril, y otras doce en posición menos avanzada, listas para ser movidas y apoyar las maniobras de la infantería. Las tropas avanzan, inicia la batalla total. "Un huracán de acero y plomo, el esfuerzo heroico de las débiles almas para marchar encorvados contra la tempestad de la muerte", escribirá Ángeles en su diario al día siguiente. Hora tras hora se suceden los asaltos y Zacatecas está envuelta en una nube de polvo y humo. Las artillerías villistas golpean los emplazamientos pero no bombardean el poblado: Zacatecas es una de las perlas de México, ciudad de edificios barrocos de *cantera** rosa, la piedra ligera y noble empleada en toda construcción. Pancho Villa no pasará a la historia como el hombre que desfiguró tanta belleza. Al principio, las baterías concentran el fuego en las fortificaciones de Tierra Colorada, tomadas por asalto por la Brigada Cuauhtémoc comandada por el joven Trinidad Rodríguez, que logra expugnarlas y luego se lanza con la caballería al cerro de La Sierpe: aquí, antes de plantar por segunda vez la bandera villista en la cumbre, Trinidad cae con la garganta atravesada por un proyectil. Lo transportan agonizante a la retaguardia y Pancho Villa, con los ojos llenos de lágrimas, atiende su último deseo: un sorbo de *aguardiente**. Ángeles anota en su diario: "El intrépido Trinidad, a quien la muerte sorprendió cuando la vida le decía, enamorada de él: 'No te vayas, no es tiempo todavía'".

Una vez arrasada la primera línea defensiva, hacia el mediodía, atacan a los emplazamientos en El Grillo y La Bufa: aquí las pérdidas de los revolucionarios son graves: las huestes se desbandan y retroceden, a tal grado que Pancho Villa, empuñando una pistola, arenga a los suyos en la línea de fuego, incitándolos a hacer un último esfuerzo. También El Grillo cae, los federales sobrevivientes se dispersan a lo largo de las pendientes y quien alcanza la cumbre, en donde un nido de ametralladoras parece aún intacto, es Petra Herrera, con rostro de india *norteña** y largas trenzas negras que caen sobre las carrilleras cruzadas entre los senos. La "Capitana Petra" comanda un reparto de jóvenes *soldaderas** de la Brigada Zaragoza. La última ráfaga le da de lleno. De ella escribirá Luis García Monsalve, oficial de la División del Norte: "Iba al asalto con tal ímpetu como para llevarse, con su ejemplo, a hombres y mujeres juntos. Tenía valor, mucho valor".

En determinado momento, en el infierno de fragor y humo, aparece Rodolfo Fierro semejante a un diablo salido del infierno: está cubierto de sangre y hollín, ensucia de rojo cada cosa y persona alrededor, no se entiende bien cuántas heridas tiene ni en dónde, pero sigue gritando e incitando a disparar. Desaparece nuevamente al mando de la enésima carga.

A las cinco de la tarde toman también La Bufa. Los federales intentan un contraataque, pero Ángeles es rapidísimo en mover la artillería, emplazándola en el cerro de Tierra Colorada, desde donde se pone a martillar a las pocas brigadas enemigas que aún no se han desbandado. Caen también los Colorados, tristemente célebres mercenarios a sueldo de los federales, tan sanguinarios que no se puede esperar ninguna rendición de su parte: con ellos, los villistas son igualmente despiadados. Los comanda el general Benjamín Argumedo, apodado el *León de la Laguna**, quien, tras abandonar las posiciones, se topa con el comandante en jefe Medina Barrón: "¿Qué le pasa, general Argumedo?". "Nada, nada, lo que pasa es que se acabaron los bailes. Sálvese quien pueda". Y serán en verdad pocos los que se salven. De los aproximadamente doce mil hombres de la guarnición, menos de trescientos lograrán llegar a Aguascalientes, ciudad aún en manos de los federales.

Una hora más tarde, con el sol que enciende el Cerro de la Bufa, la montaña de *cantera** rosa, ahora roja por la puesta de sol y la sangre, Felipe Ángeles le envía un mensaje a Villa: "Ganamos, *mi general**". Y Pancho Villa entra en las soberbias calles de Zacatecas, engastadas entre balcones de hierro forjado y portones de madera historiada, a la cabeza de la victoriosa División del Norte. *Siete Leguas**, su legendaria yegua negra, "rápida como el viento del desierto", se refresca en una fuente colonial. Los habitantes más humildes, unos por convicción otros por temor, de cualquier manera felices por el fin del *huracán de acero y plomo*, lo aclaman a voces. Los demás atrancan las puertas y ventanas de sus edificios, esperando que los vencedores de hoy no sean crueles como lo fueron los militares del usurpador Huerta en tantas otras ocasiones.

Maclovio Sifuentes, en un caballo bayo, desfila al lado de los legendarios Dorados, el mejor regimiento de la División, la "vieja guardia" de Pancho Villa, y por años contará una infinidad de veces que ese día él también estaba en Zacatecas.

A sus noventa y tres años, Maclovio Sifuentes aún era un hombre de porte erguido y piernas sólidas. En Zacatecas todos lo conocían como el *Velador del Artillero**, porque hacía la guardia nocturna en el restaurante El Artillero desde que abrió, unos treinta años atrás. La más reciente propietaria, doña Claribel, al momento de tomar la administración no tuvo el corazón de reemplazarlo por alguien más joven y gallardo: Maclovio

201

ya era una institución en el local que daba a un verde patio en una morada colonial, y además, Zacatecas era una ciudad tan tranquila que no se requería la ayuda de un guardián temible. El anciano, de largos bigotes blancos caídos y piel curtida como el cuero, pasaba las noches sentado en su taburete de madera, dormitando a ratos, pero siempre atento a cualquier ruido de la calle. Por la mañana se retiraba un par de horas al cuartito de atrás, en donde dormía el mínimo necesario para un hombre que había vivido por tanto tiempo como para considerar el sueño como un inútil anticipo del inminente destino futuro: cada vez que abría los ojos nuevamente, Maclovio se sorprendía de seguir vivo. Entonces se bañaba, se rasuraba, se ponía uno de sus trajes gastados pero siempre bien planchados, se acomodaba el sombrero de fieltro de ala ancha y salía, recorría el Callejón del Indio Triste para después dar su acostumbrado paseo por el centro histórico. Por la tarde, revisaba el tambor del viejo revólver Harrington & Richardson calibre .38, pensando inevitablemente que en ochenta años la *buena suerte** le había ahorrado la pena de dispararle a un ser humano, se lo metía en el cinturón e iba a plantarse en el portón del restaurante El Artillero, nombre que muy probablemente era un homenaje al general revolucionario Felipe Ángeles. Maclovio Sifuentes miraba pasar el tiempo frente a sus ojos, bajo la forma de transeúntes, clientes y medios de transporte, conservando en la memoria la evolución en un siglo de la vestimenta y de los automóviles, de las costumbres sociales y los comportamientos de las varias generaciones, y cuando el cielo azul cobalto de la tarde era rasgado por el blanco enrarecido de un avión, Maclovio Sifuentes levantaba la mirada cargada de nostalgia, pensando que no era justo vivir tanto como para ver su amado México exprimido y saqueado por el enemigo de siempre, ahora como entonces, ¿había servido de algo tanta sangre y tanto ímpetu? El viejo *Velador del Artillero**, que había sido la estafeta más joven de la División del Norte, siempre se respondía que sí, que claro que sí, porque si México es único, si *como México no hay dos**, la causa está en su endémico instinto de rebeldía, en la ancestral predisposición a dejarse matar y a matar en nombre de la dignidad. Así pensaba Maclovio Sifuentes, y la pregunta siguiente era siempre la misma: ¿No será el mío solamente un modo de consolarme? ¿En dónde están hoy esos jóvenes enardecidos de ideales como el *demonio* Rodolfo Fierro y el ángel Felipe Ángeles, el *intrépido* Trinidad y la *valiente* Petra? Y aun así, por alguna parte de este exterminado país, su sangre debió de haber irrigado una semilla, algo habrá germinado de aquel torbellino de pasiones y conciencias…

Nadie imaginaba los pensamientos del viejo Maclovio. Muchos lo trataban con reverente respeto, otros lo ignoraban, y alguno, con la arrogancia de quien se unió al saqueo inflándose los bolsillos, se reía burlonamente haciendo bromas como: en este restaurante todo es antiguo, desde la fuente de *cantera** rosa del patio hasta el *velador** de la puerta…

Esa noche notó la llegada de los dos extranjeros desde el momento en que estacionaron el enorme auto nuevo pero empolvado en la placita adyacente. Cuando fueron hacia él, Maclovio reconoció al menos joven: era el amigo gringo de doña Claribel, ese que ella llamaba Bartolo, de acuerdo con la costumbre mexicana de traducirle el nombre a los extranjeros. Nunca le cayó bien ese gringo de mirada fría y sonrisa fingida. Regresaba después de mucho tiempo, y por primera vez no venía solo. El desconocido tenía un aspecto desaliñado y cansado; sin embargo, su mirada parecía limpia, se leía en ella una gran desesperación...

Bart saludó a Maclovio con fría amabilidad, el viejo respondió inclinando ligeramente la cabeza, pero sin quitarse el sombrero. También Leandro lo saludó, deteniéndose una fracción de segundo en esos ojos oscuros y centellantes que lo escudriñaban de manera casi incómoda.

Se sentaron, apartados, alejados de los grupos de comensales ruidosos alrededor de la fuente del patio. Claribel se percató de su presencia después de pocos minutos y le ordenó a un mesero que se ocupara de los clientes a los que estaba sirviendo, para dirigirse hacia Bart a pasos lentos, con una sonrisa sorprendida que le iluminaba el rostro. Era una hermosa mujer de unos cincuenta años, cabello negro y tez clara, labios carnosos y cejas tupidas, que emanaba una fuerte sensualidad pese al vestido sobrio y sus gestos refinados. Bart se levantó y recibió su abrazo. Claribel se despegó casi inmediatamente para mirarlo a la cara, adquirió una expresión preocupada y su sonrisa desapareció de golpe.

—¿Qué te pasó?

—Nada, nada —respondió Bart—. No duermo desde hace unos días, eso es todo.

—Pero ¿por qué no me avisaste? Hace meses que no me llamas...

—Demasiado trabajo, Claribel. Luego te cuento. ¿Y tú? ¿Todo bien?

La mujer lo cortó con un ademán vago, dijo:

—Todo bien, igual que de costumbre. Hoy es lo mismo que ayer, y mañana va a ser lo mismo que hoy, nada cambia —luego volvió a sonreír para agregar:— Pero ¿de qué me quejo? Así lo quise, ¿no?

En ese momento se dirigió a Leandro, al que Bart presentó como un conocido italiano. La mano de Claribel era cálida y suave, pero de apretón decidido. No le preguntó nada, y Leandro no se sintió obligado a decir algo. Fluctuaba en un limbo de sensaciones mitigadas y en cámara lenta, debido tanto al cansancio como a la imposibilidad de comprender qué estaba pasando y por qué se encontraban ahí.

Llegaron más clientes, y Claribel se levantó para ir a recibirlos. Antes de apartarse le preguntó a Bart:

—¿Te quedas a dormir?

Bart asintió.

—A tu amigo… Lo puedo acomodar en el cuarto de…

—No importa —la interrumpió Bart—. Él no se queda. Tiene que continuar su camino.

Leandro no respondió. Concentró las pocas fuerzas que le quedaban para permanecer inexpresivo y neutral.

Más tarde, mientras Claribel estaba en la cocina y ellos dos intentaban tragar trozos de carne sin el mínimo apetito, Bart empezó a hablar, como si retomara un discurso interrumpido.

—La conocí hace muchos años, en un lugar en la playa. Me encontraba por ahí de casualidad, acababa de darme de baja, y sin nada de ganas de volver a Los Ángeles. Claribel trabajaba en un prostíbulo que frecuentaban veteranos acabados que disfrutaban de la pensión por discapacidad y fracasados de todo tipo. Fui porque me explotaba la cabeza y no tenía ganas de pensar. Claribel era la mayor de ahí. A los cuarenta años, aún aguantaba a esa mierda de gente esperando poder apartar suficientes ahorros como para abrir un pequeño restaurante. Era bellísima, como ahora, pues… y no le faltaban los clientes, porque ninguna muchachita podía darte esa… no sé cómo describírtela, una clase de dulzura madura y experta, un calor que difícilmente una prostituta está dispuesta a concederte…

Leandro pensó que hubiera querido tomar la videocámara y hacer un primer plano de Bart: por primera vez, en su cara apareció algo semejante a un sentimiento.

—No hice nada. Me refiero a que le pagué y me acosté en la cama, diciéndole que apagara la luz y que se callara. Ella obedeció. Me tomó entre sus brazos, me acarició la cabeza… Y logré dormir. Tú no lo entiendes, no sabes… Hacía años que no me pasaba. Dormí dos horas sin soñar absolutamente nada. Un milagro.

Los ojos del *asesino de Lázaro* se perdieron en un vacío de añoranzas y cosas perdidas. Leandro tuvo la impresión de que estaba hablando de una vida pasada, que ya no le pertenecía. Se estaba despidiendo de los únicos momentos positivos, o por lo menos decentes, de una existencia acabada y concluida.

—Regresé para verla y le ofrecí dinero para que dejara el burdel y se pusiera a hacer lo que quería… Por supuesto que lo rechazó ¿Quién era yo, para tomarme esas libertades? Un gringo igual que todos, de ésos a los que Claribel nunca hubiera querido deberles nada, por nada del mundo. Entonces le propuse un negocio. En esos tiempos soñaba con rehacer mi vida, dejarlo todo, y creí haber encontrado la oportunidad perfecta. Ella parecía estar dispuesta, pero sólo si hacíamos las cosas conforme a la ley. Le tiré un buen rollo para no darle explicaciones… Al final me hice de documentos falsos, con un nombre chicano, para que se pareciera al de un mexicano cualquiera y firmé las escrituras con un notario de Zacatecas. Ella era de aquí y prefería regresar a su ciudad, en donde habían puesto a la ven-

ta este lugar. Lo compró, no preguntó por qué tantas dificultades y por qué tomaba yo tantas precauciones, y… cada mes me
manda el informe de gastos e ingresos y la cantidad correspon-
diente a mi porcentaje a un banco del D.F. en donde abrí una
cuenta con ese nombre falso.

Bart se talló los ojos y las sienes, bostezó, y volvió a enfocar
la realidad lentamente, parpadeando.

Leandro decidió abrir nuevamente la boca: emergió del
sopor malsano y readquirió una pizca de lucidez.

—¿Por qué no lo dejaste todo? ¿Qué te impedía venir a
vivir aquí?

Bart hizo una mueca de desprecio.

—Tú ¿qué vas a saber…? Uno no se convierte en lo que
yo me convertí y luego, de golpe, comienza desde cero en otro
lado. Lo mío había sido una ilusión momentánea. Y además…
habrían podido desquitarse con ella por cualquier problema
conmigo.

Leandro bebió un largo trago de cerveza, mirando hacia la
barra, detrás de la cual aparecía y desaparecía Claribel, atarea-
da y sonriente, acaso feliz, probablemente serena.

Mientras tanto, Maclovio Sifuentes observaba un sedán oscuro
que pasaba frente al Artillero por tercera vez. Cuando bajaron
tres hombres y el cuarto permaneció al volante, y los vio avanzar con ese paso veloz y nervioso, echando vistazos a ambos
lados como para identificar posibles peligros, obedeció a su
instinto sin hacerse preguntas. Retrocedió y desapareció en un
hueco detrás del portón, un nicho en donde estaba el taburete de innumerables noches en duermevela. Empuñó el revólver, y esperó.

Unos minutos antes, Damon Hogg había tomado la decisión: era mejor actuar en el interior del restaurante, que en plena calle. Casi no se lo creía: Bart Croce había ido a parar al único lugar en el que sería fácil sorprenderlo. Hasta había divisado su cara desde la calle, sentado en una mesa con el tipo que llegó con él. El plan era sencillo: entre dos inmovilizarían a Bart y al otro, mientras que el tercero controlaría a los presentes, sin hacer demasiado escándalo. Si Bart intentaba hacer algo, sólo era cuestión de arrastrar los dos cadáveres hasta la cajuela, pero prefería evitarlo, era mejor llevarlos vivos al cerro y acomodarlos en una linda fosa común.

Una vez atravesado el umbral, sacaron las armas. Uno de los tres empuñó una pistola ametralladora Ingram Mac .10, Damon y el otro hombre llevaban las semiautomáticas al lado. La mesa de Bart estaba cerca de la entrada, no le hubiera dado tiempo de notar su presencia antes de…

Maclovio Sifuentes extendió el brazo. Si les hubiera ordenado alzar las manos, lo habrían matado de todos modos. Eran tres y empuñaban armas, incluido uno de esos aparatejos modernos capaz de disparar cien balazos en un abrir y cerrar de ojos. Así, el viejo *Velador del Artillero** apretó rápido el gatillo y metió una viejísima bala calibre .38 en la espalda del hombre de en medio.

Damon Hogg giró sobre sí mismo, y en un santiamén vio una especie de aparición, un par de bigotes blancos y caídos, un vejestorio que no debería siquiera mantenerse aún de pie… Logró formular un fragmento de pensamiento, algo como: "No es posible", luego una segunda bala lo alcanzó en el pecho, arrojándolo hacia atrás. Los otros dos ya se habían lanzado adentro, para hacer frente al ataque por la espalda. Pero ese instante fue suficiente para que Bart sacara la Glock y apuntara. Le dio a uno de los dos en la garganta y en el abdomen. El tercero barrió el terreno con una ráfaga de la Ingram. Gritos y vidrios rotos, mesas que se volteaban, más disparos y una última ráfaga: Bart lo mató mientras trataba de meter un segundo cargador. Luego le apuntó al viejo que a su vez lo tenía bajo la mira. Bart bajó el brazo. Maclovio hizo lo mismo. Un momento de silencio, interrumpido por el ruido de un motor embalado. El sobreviviente al volante había escapado.

Leandro se levantó, echó un rápido vistazo alrededor, y al fin, siguiendo la mirada alucinada de Bart, se dio cuenta de que Claribel estaba tendida boca arriba debajo de la fuente, con los brazos abiertos, los ojos entrecerrados, la boca sacudida por un tremor, mientras que la sangre le escurría de los labios y brotaba a chorros de dos agujeros un poco arriba de los senos. Bart se agachó, le apretó la mano viéndola morir y luego se volteó hacia Leandro.

En su rostro no había nada que se pareciera al dolor. Una máscara de piedra, de *cantera** gris en vez de rosa.

Maclovio Sifuentes se quitó el sombrero y fue a pararse junto al cuerpo de doña Claribel. Rezó en silencio, pidiéndole al Señor que recibiera el alma de esa mujer que había sido tan buena con él, y también le pidió que no lo hiciera sobrevivir a más lutos, porque ya había visto demasiados y se sentía cansado y ajeno a aquel mundo que lo rodeaba y lo oprimía.

Bart jaló a Leandro del brazo hasta el Pontiac. Le puso las llaves en la mano, dijo:

—Úsalo para largarte de aquí, pero abandónalo lo antes posible. En la cajuela, además de la *malysh*, hay un sobre con unos cuantos dólares. Te facilitarán las cosas.

—¿Y tú?

Bart lo observó con una expresión interrogativa.

—¿Yo…? Hasta aquí llego. Ya lo había decidido desde el principio.

Después de un momento de silencio, el gringo agregó:

—Ese dinero era para Claribel. Pensaba dejárselo sin decir ni una sola palabra y desaparecer. Qué estúpido… Evidentemente, ya sabían de Claribel… También a ella la maté yo.

Le dio un empujón a Leandro, obligándolo a acercarse al coche.

—Lárgate, *loser*. Piérdete antes de que me arrepienta.

Leandro arrancó y se fue. La última imagen de Bart era una sombra fantasmal que se alejaba tambaleando, en dirección al cerro. Había algo grotesco en sus movimientos: parecía una marioneta con los hilos cortados y enmarañados.

Tardó unas horas para alcanzar la cima del Cerro de la Bufa. Ya no sentía las piernas, había recorrido el estrecho camino de subida como un sonámbulo, arrastrándose hacia adelante con una energía que quién sabe de dónde sacó. Arriba, Bartholomew Croce trató de mantener los ojos abiertos, pero la vista de la ciudad de allá abajo le provocó vértigo. No pudo apreciar el claror rosáceo y ocre que emanaba del centro, de las fachadas de las iglesias, de los edificios coloniales, de las plazas escondidas. Respiró a todo pulmón, se volteó y vio esa inmensa cruz iluminada. Se rio. Fue a sentarse al umbral de la pequeña capilla. De espaldas al portal, se concentró en la mano derecha: con un esfuerzo doloroso logró empuñar la Glock. Murmuró, o acaso solamente pensó: "Aquí estoy. Ya voy. Déjense venir, bola de pendejos".

Pero en realidad no lo creía. No, no vería nuevamente a ninguno de los tantos muertos vivientes que habían poblado sus pesadillas. Estaba convencido de que no había nada de nada *del otro lado*. De lo contrario, no habría apoyado el cañón en el paladar y apretado el gatillo con el pulgar.

LA GUERRA ES PAZ
LA LIBERTAD ES ESCLAVITUD
LA IGNORANCIA ES FUERZA
$2 + 2 = 5$
(de *1984*, de George Orwell)

En la cajuela del Pontiac había cerca de cuarenta mil dólares. Leandro dejó la *malysh* en su lugar y tomó el sobre, le echó un vistazo, suficiente para provocarle una sensación extraña: al principio parecía euforia, poco después se convirtió en algo que tenía que ver con la suciedad. Era como si lo hubiera contaminado el gringo. Como sea, utilizó trescientos dólares para pagar el aerotaxi a Fresnillo, adonde llegó antes del amanecer. Después de dejar el Pontiac en el estacionamiento externo, esperó un par de horas antes de ver aparecer al somnoliento piloto del pequeño bimotor de hélices. A las once de la mañana, ponía los pies sobre el asfalto del aeropuerto de Tijuana, sintiendo el deseo de hincarse a besar la tierra, después de todas las turbulencias y las bolsas de aire y quién sabe qué otras inclemencias meteorológicas que pasó durante el vuelo a poca altura.

Mientras corría hacia la salida, su atención se vio atraída por el título de un periódico local. Se regresó. *Muere el empresario Hugo Herz Hernández*. Balazo: *Fulminado por embolia después*

de una inmersión. De nada sirvió la inmediata intervención de
un amigo que lo llevó en helicóptero al hospital.

El gringo le había hablado precisamente de ese tipo, Herz.
Pero Leandro no tuvo tiempo ni ganas de reflexionar sobre la
noticia. En la cabeza sólo tenía a Adelita y a Toribio.

Una vez frente a la nave de la *maquiladora**, le preguntó al
taxista si podía esperarlo unos minutos. El chofer respondió que
era imposible: trabajaba para los Servicios Aeroportuarios, que se
buscara un taxista de calle. Leandro pagó y le dijo que se fuera a
la chingada. Con calma y cortesía, el otro respondió: "Dime por
dónde, tú que vas a cada rato". Y arrancó, sin prisa.

Frente al portón, el guardia armado lo escuchó indiferente.
Luego negó con la cabeza, siempre en silencio.

—¡Pero le estoy diciendo que tengo que hablar forzosamen-
te con una de sus empleadas! Es un asunto muy grave. ¡Por lo
menos déjeme entrar a preguntar si vino o no a trabajar!

Y nada, el gorila sacudía la cabeza y callaba. Leandro se puso
a gritar. El energúmeno avanzó amenazadoramente algunos pasos.
En ese momento salió un tipo, quizás un capataz, y preguntó
qué estaba pasando. Leandro empuñó la videocámara y se presentó como un periodista de la televisión que tenía que ponerse
urgentemente en contacto con una de las empleadas. En los últimos meses su confianza en el medio televisivo, como arma para
imponerse a los demás había sufrido duros reveses, pero no se
le ocurrió nada mejor. El tipo lo miró sin inmutarse, luego dijo
que lo esperara ahí. Durante la espera, el guardia lo miraba a un
metro de distancia, con los brazos cruzados. El otro regresó después de unos diez minutos, y lo hizo entrar a una especie de cuar-
tucho que hacía las veces de sala de espera. Llegó un funcionario
con camisa blanca y corbata oscura, a quien dio los datos genera-

les de Adelita. Era un joven asiático que hablaba mal español y, cuando Leandro le explicó todo en inglés, éste le respondió con un acento obscenamente texano. Le dijo que no podían dar ninguna información de los empleados. Leandro se puso a gritar:

—¡Si no me das ahora mismo una respuesta sobre la mujer que busco, regreso aquí con un equipo de televisión y hago un reportaje sobre las vergonzosas condiciones de las obreras y sobre la contaminación que ustedes producen! ¡Haré tal escándalo que a tus jefes seguro no les va a gustar, y tú serás el primero al que echarán con una patada en el culo!

El joven funcionario dijo:

—Espere un momento, por favor.

Y desapareció cerrando la puerta tras de sí. Pocos minutos después, entró el guardia uniformado acompañado de un colega fornido igual que él, de civil, y juntos agarraron a Leandro por debajo de las axilas y lo arrastraron afuera. Una vez que llegaron a la valla, lo arrojaron a la calle. Tras levantarse, revisó la videocámara: nada roto, por fortuna.

La desesperación lo asfixiaba. Lágrimas de rabia e impotencia le humedecieron los ojos. Tallándoselos para quitar el molesto velo, buscó un taxi: pero en aquella zona desierta no pasaba ninguno. Se echó a correr hacia la parada del camión. Vio llegar uno cuando estaba a sólo unos cien metros. Bajó un grupo de obreras que iban al segundo turno. Y reconoció el rostro de Adelita.

Se lanzó hacia ella, abrazándola tan fuerte que no la dejaba respirar. Adelita lo besó en la boca, en las mejillas, en la barbilla, mientras decía:

—Pero ¿dónde te habías metido? Ya llevamos dos días buscándote… Le dije a Toribio que no podías irte sin despedirte…

—¡¿Toribio está aquí?!

Adelita asintió, acariciándole la cara.

—Sí, llegó a Hermosillo, y se regresó, porque… ¡Ay, si supieras! Descubrió algo horrible…

—Sí, yo también. Ahora lo sé todo. ¿Pero Toribio dónde está?

—Dijo que iría al condominio El Porvenir, luego, si no tenía noticias tuyas, se iba a ir hoy en la noche al D.F.

Leandro tomó de la mano a Adelita y la jaló hacia la calle, donde apareció un taxi a lo lejos.

—Pero… yo tengo que ir a trabajar… Me van a correr si…

—Olvídate de esos cabrones, tú te vienes conmigo.

—¿Y adónde?

Leandro se detuvo, la miró a los ojos y le puso las manos sobre los hombros:

—Te lo pregunto seriamente: ¿quieres venirte a vivir conmigo a la Cuidad de México?

Adelita se rio.

—¿Y qué vamos a hacer para vivir?

—Lo que sea, y seguramente no será peor de lo que haces aquí.

Adelita alzó las cejas y entrecerró los ojos. Luego agitó la mano para detener el taxi.

El Porvenir estaba repleto de hombres y vehículos. Parecía una operación policiaca, decenas de agentes uniformados evacuaban los tres edificios, pero en realidad las órdenes las daban unos individuos en ropa de civil, con aire de extranjeros: llevaban un gafete enmicado sujeto a la solapa del saco, con la sigla de una organización humanitaria estadounidense. Leandro alcanzó a ver uno de cerca, pero no podía intuir que se trataba de una de las incontables ramas de la *corporation* farmacéutica de Glendale. Los habitantes salían cargando los pocos efectos personales permitidos, y subían a los camiones, apresurados sin cesar por agentes y funcionarios. Empuñó la videocámara, pero de inmediato uno de los tipos con el gafete le puso una mano sobre la lente, haciendo un ademán negativo y perentorio con el índice de la otra.

—Soy periodista. No pueden impedirme… —intentó oponerse Leandro.

Llegó un oficial de la policía local y le ordenó que guardara la cámara si no quería que se la confiscaran. El tipo del gafete cambió de actitud, sonrió y dijo en un español trabado:

—Venga a conferencia de prensa. A las seis de la tarde en estación de policía. Ahí explicarán todo y puede hacer todas preguntas. Por favor.

Leandro y Adelita intentaron acercarse a las personas que salían de los edificios, pero también entonces les impidieron avanzar: el cordón era férreo. Luego divisaron a Toribio: estaba hablando con don Justo y su esposa, que cargaba a la nietecita enferma. Lo llamaron agitando los brazos, y Toribio, viendo a Leandro, hizo una expresión de alivio mezclada con irritación.

—¿Dónde carajos te habías metido?

—Tengo un montón de cosas que contarte —replicó Leandro—. Pero ¿qué pasa aquí?

—Parece que finalmente se dieron cuenta. ¿Sabes qué había descubierto mi hermano? ¡Que este lugar es radiactivo! ¿Entiendes? En las paredes hay una cantidad tal de…

—Sí —lo interrumpió Leandro—, me enteré de todo. Después me cuentas cómo es que lo descubriste tú. Pero ¿de dónde salió la noticia? ¿Fueron ustedes?

Toribio negó con la cabeza. Parecía indeciso, pensando en algo. También en el rostro de Leandro se leía claramente la perplejidad frente a esa operación con semejante despliegue de medios. Preguntó:

—¿En qué estás pensando?

—En que probablemente encontraron la forma de chingarnos. Para variar.

El profesor Haverlange había decidido reducir el daño: dado el riesgo de que la noticia se difundiera por canales diversos, hacía falta anticiparse al adversario y ser los primeros en darla. Los costos serían enormes, pero la imagen de la empresa saldría reforzada. En el oficio del profesor Haverlange no había lugar para dudas ni recriminaciones, y además no era el tipo de persona que formulara frases como: "Si lo hubiéramos hecho desde el inicio…". Él actuaba por grados, no a saltos o arranques. Y la situación siempre había estado bajo control. O casi.

El procedimiento se realizó con la máxima rapidez posible. Un helicóptero retiró algunas varillas radiactivas de una bodega de Herz Hernández, del mismo lote de las que se usaron en el condominio El Porvenir. Las transportaron a una zona de Nuevo México, al oeste de Santa Fe, y las cargaron en un camión que después, pretendiendo haber equivocado el camino, tomó la curva que conduce a los laboratorios de Los Álamos, centro de investigaciones nucleares. Al pasar por un sensor instalado para impedir la salida de material radiactivo, el camión activó las alarmas. Pocas horas después, la farmacéutica multinacional intervino reconociendo aquellas varillas como el producto de una firma mexicana asociada. A nadie le pareció que las investigaciones fueran milagrosamente expeditas: al contrario, los medios de información elogiarían sucesivamente la prontitud con que se descubrió la terrible verdad… añadiendo obviamente todo tipo de comentarios sobre la poca confiabilidad de México. Gracias a la "coincidencia fortuita", se descubrió el empleo de las varillas en el condominio El Porvenir y, en los meses siguientes, en unas veinte construcciones más diseminadas por el país, entre las cuales había dos escuelas y un centro médico. De cualquier forma, en sólo dos días llegó la orden de desalojar los tres edificios en las afueras de Tijuana, sobre todo gracias a la desinteresada y eficaz intervención de una organización humanitaria que fue alertada por la farmacéutica multinacional. Respecto a los daños sufridos… ya que el señor Hugo Herz Hernández era el único responsable del desagradable asunto, el gobierno mexicano debía dirigirse a él para un resarcimiento. Pero desafortunadamente HHH había fallecido y ahora se tendría que iniciar un largo litigio con potenciales herederos o socios. En cualquier caso, un batallón de abogados de los mejores despachos de Los Ángeles seguramente demostraría, en un futuro, que la responsabilidad civil y penal recaía por completo sobre los hombros del irresponsable, el arribista e inescrupuloso Herz *Triple Hache**.

BALDERAS 68

Toribio, Adelita y Leandro pasaron algunas horas en una *cantina** de un *barrio** popular, donde, a fuerza de cervezas y tequila, se contaron sus respectivas desventuras. Estuvieron de acuerdo en usar una pequeña parte de los dólares de Bart para comprar los tres boletos de avión, pero tanto Toribio como Adelita no quisieron saber nada de repartirse los restantes. Leandro puso diez mil en un sobre, que luego entregó, cerrado, a la hija de don Justo, rogándole que se lo diera a su padre sin decirle qué contenía. Lo que sobraba… Pensó que podía seguir sintiéndose sucio y contaminado, pero al menos por algunos meses no se preocuparía de la *perra vida**. Los gastaría rápidamente, eso sí.

En la Ciudad de México fueron directamente del aeropuerto a la redacción del periódico donde Leandro conocía a un jefe de redacción. En el viejo edificio en el número 68 de Balderas, en el corazón antiguo de la megalópolis, encontraron a Miguel Ángel Gutiérrez en su lugar, detrás del escritorio invadido de hojas y ceniceros rebosantes, golpeando frenéticamente el teclado de la computadora. El periodista de aspecto imponente y bigotes *villistas** abrió los brazos de par en par y exclamó:

—¡Leandro Ragusa! ¡Qué milagro! ¿Qué nuevo desastre has venido a proponerme?

Media hora después, una vez que escuchó la historia completa y ya estudiados los documentos del doctor Acuña que le dio Toribio, Miguel Ángel se atusaba los abundantes bigotes y los enrollaba aun más arriba. Luego se levantó, volteó la pantalla de la computadora, y moviendo el mouse dijo:

—Listo, mira: ésta es la noticia como la íbamos a publicar mañana.

Leandro se acercó y leyó la maqueta: anunciaba que en Tijuana habían descubierto que usaban materiales radiactivos en la construcción de edificios populares, la noticia llegaba de los Estados Unidos, donde una multinacional farmacéutica se había dado cuenta, al parecer a causa de una coincidencia fortuita, de aquello que tenía todo el aspecto de una catástrofe ecológica, y la responsabilidad, en una primera reconstrucción de los hechos, tenía que ser atribuida al empresario falto de prejuicios HHH, recientemente fallecido.

Toribio comentó:

—Nos fregaron. Lo dije, ¿no? Encontraron la forma de chingarnos de todos modos. Y esos cabrones también se llevan el mérito de haberlo dado a conocer…

—Pero tú sabes que no fue así —le dijo Leandro a Miguel Ángel.

—Por eso voy a agregar tu versión: ¿estás listo para concederme una entrevista con lujo de detalle?

—¡¿Estás loco?! —exclamó Leandro—. Salí vivo sólo por un pelo, ¿y tú quisieras ponerme en bandeja de plata ante esa manada de asesinos? Yo no puedo aparecer, ¿no lo entiendes?

Miguel Ángel asintió con un gesto grave y solemne.

—*Bueno** —concluyó—. Entonces el artículo lo escribo yo y lo hacemos pasar como investigación nuestra. Total… estamos acostumbrados a recibir ataques de todas partes, uno más, uno menos…

—También tengo filmada la confesión de ese fulano —dijo Leandro—. ¿Crees que se pueda usar de alguna forma?

—Tú dámela, y yo la hago circular —respondió Miguel Ángel—. Pero no te hagas ilusiones. Vamos a ser los únicos en tratar el tema, puedes estar seguro.

—Ya es algo —contestó Leandro—. Si no fuera por ustedes… ¿Nunca te había dicho que éste es el mejor periódico que conozco?

—No, pero que es el mejor lo sabemos todos, aquí adentro —dijo Miguel Ángel, guiñándole un ojo detrás de los lentes. Luego se dirigió a Toribio:

—En la segunda entrega de la investigación pondría la historia completa de tu hermano. ¿Estás de acuerdo?

Toribio asintió.

—En ese caso, regresa mañana, a eso de las doce: voy a necesitar muchos datos. Y también tú, Leandro, obviamente.

Después de que se estrecharon las manos, Toribio vio un artículo en el periódico abierto en una mesa. El biógrafo de Pancho Villa, el austriaco residente en México, Friedrich Katz, en una entrevista con motivo de su ingreso a la Academia Mexicana de las Ciencias, declaraba haber hallado en los archivos estadounidenses la carta con la cual el entonces presidente Plutarco Elías Calles pidió el reconocimiento al gobierno de Washington dado que "la última condición se había cumplido", es decir, el asesinato de Villa a petición de los Estados Unidos.

—Mira, la prueba de lo que ya sabíamos —dijo Toribio golpeando con el dedo el artículo—. En este miserable país nunca cambiará nada.

—Puede ser —replicó Miguel Ángel—. Pero no es un buen motivo para dejar de intentarlo.

Cuando salían, lo escucharon exclamar en voz alta:

—Ay, pobre México, tan lejos de Dios y tan cerca de los Estados Unidos…

En el bullicio de un encuentro, con el público que incita e impreca, pocos logran escuchar el silbido producido por una mano enguantada que se desliza rápidamente hacia el cuerpo del adversario o por la fricción del cuero contra el cuero. Entre los que tienen la suerte —o la obligación— de encontrarse alrededor del cuadrilátero, hay quien advierte de forma nítida y clara el fragor sordo de los golpes que se hunden en los costados y en el abdomen, un sonido excitante para los asistentes del boxeador que los propina, y angustiante para los asistentes del boxeador que los recibe. Aquella noche, Pancho Vallejo parecía experimentar un dolor agudo por cada gancho o *uppercut* que caía sobre Toribio. Poco antes del final del tercer asalto, vio a su muchacho tambalearse bajo una ráfaga de *jabs* extenuantes y, en un ademán instintivo, se llevó las manos a los oídos para dejar de escuchar aquel sonido insoportable. La campana lo salvó del colapso. Sentado en su esquina, Toribio aspiró el aire viciado y, con un esfuerzo de voluntad, obligó a sus pulmones a almacenar oxígeno.

—Mantén los codos pegados a las costillas, deja de descubrirte y quédate derecho —soltó atropelladamente Pancho, más por deber que por convicción, pensando que ya el resultado del encuentro estaba marcado.

Toribio asentía, respirando con la nariz dilatada y la mirada fija en la esquina opuesta.

Comenzó el cuarto asalto. El adversario enseguida le saltó encima martillándole el cuerpo, Toribio logró bloquearlo con un *clinch* que sirvió para hacerle recuperar un poco el aliento, permaneció aferrado al otro boxeador manteniendo la cabeza hundida en el hueco de su hombro y constató que también el sudor ajeno era frío como el suyo. El réferi los separó. Toribio volvió a recibir castigo y terminó en las cuerdas. Un golpe le abrió una ceja, la sangre comenzó a caer en hilillos brillantes, luego empezó a escurrir sobre la lona y a embarrar los guantes del adversario. El réferi paró la pelea para verificar los daños: examinó someramente la herida, mientras Toribio murmuraba que todo estaba bien. El réferi levantó las palmas de los contrincantes e hizo el movimiento de unirlas: los boxeadores retomaron la pelea. Toribio lanzó un par de *jabs* sin mucha energía y recibió una descarga de cruzados oponiendo como única resistencia los guantes pegados a los lados de la cara.

Pancho sacudía la cabeza y apretaba convulsivamente la toalla: si Toribio continuaba así, tendría que tirarla. Pero no se atrevía a imaginar la reacción de su muchacho, *después*. Se volteó hacia Leandro, quien estaba sentado en la primera fila: tenía la mirada adolorida, mientras la mujer a su lado estaba asida a su brazo y en los momentos peores escondía el rostro para no ver.

A mitad del quinto asalto, Toribio terminó en la lona. Esperó al nueve para volverse a levantar. Estaba hecho trizas. El réferi verificó sus reacciones, comprobó si aún era capaz de distinguir el número de dedos que le mostraba y las palabras que pronunciaba. Una vez más, Toribio murmuró que todo estaba bien.

Pancho ya no lo reconocía. Sí, estaba fuera de condición, pero no se trataba sólo de eso: parecía haber perdido la furia homicida y suicida de un tiempo, recibía golpes sin reaccionar con rabia, le faltaba la voluntad para contraatacar. Quizá, pensó, era mejor así: aprender a recibir los golpes es mucho más difícil que aprender a darlos. Sin embargo, se preguntaba si Toribio habría llegado al límite de sus posibilidades, si aquella pasividad evidenciaba una falta de motivaciones... Y pensar que, tiempo atrás, había que frenarlo para impedirle llegar a una masacre. Ahora, Toribio se comportaba como un saco de entrenamiento, como un *sparring*, es decir, un boxeador contratado para recibir los golpes de una joven promesa, destinado a perder sin ceder de inmediato. Pero aquel encuentro decidiría su carrera: una victoria significaba el pase de la tercera a la segunda división de los profesionales. Que perdiera era probable desde el comienzo: el contrincante tenía en activo una discreta serie de nocauts y solamente dos derrotas por puntos. Sólo que... Pancho no se esperaba que Toribio lo hiciera de *ese* modo, sin arremetidas generosas, sin destellos de energía... ¿En dónde había terminado la demasía de corazón con la que afrontaba cada situación, arriesgándose a ser masacrado para no sufrir la deshonra del conteo?

En el sexto asalto, Toribio acabó nuevamente en la lona. El réferi parecía a punto de declararlo fuera de combate, pero el joven, con una frialdad que lo asombró, aseguró que todo estaba bien. La herida en el arco superciliar había vuelto a sangrar. Y el ojo derecho estaba tumefacto, a punto de cerrarse por completo. El público rugía, y el réferi no lo privó de ese retazo de espectáculo. Más golpes al cuerpo, más *clinches* para recuperar el aliento. Pancho escuchaba los chiflidos, los siseos y las órdenes tajantes del réferi. Pero no podía oír las palabras que Toribio murmuraba en voz baja, con los labios hinchados, palabras sofocadas por el protector bucal ensangrentado, que sin embargo llegaban claras a los oídos del adversario. Toribio aguantaba los golpes, sufría, caía de rodillas, rodaba sobre la lona, se tragaba el orgullo e ignoraba los insultos de la muchedumbre, pero cada vez, puntualmente, volvía a provocar al otro, demostrándole que todavía no alcanzaba su objetivo. Y el otro, al comienzo del octavo asalto, cometió el error de ceder a los nervios, convencido de que ya era cosa de poco tiempo. Le llegó de frente embistiéndolo como un ariete, decidido a terminar de una vez las cosas. Se expuso, vio la derecha de Toribio esbozar un cruzado descompuesto y no se cuidó de su zurda. Sólo pensaba en darle en la cabeza con un golpe directo. Y en una fracción de segundo, rapidísimo, invisible al público pero muy visible al ojo experto de Pancho Vallejo, el brazo izquierdo de Toribio dibujó una trayectoria curva y muy breve, de apenas unos quince centímetros, el codo a la altura del hombro y todo el peso del cuerpo en el golpe, con el dorso de la mano apuntando hacia arriba. Un gancho de izquierda de manual. Se estrelló a un lado de la punta del mentón con precisión milimétrica. Toribio vio la escena en cámara lenta, como si tuviera a su disposición la mirada en *rec* de Leandro: el adversario giró sobre sí mismo, estiró los brazos para frenar la caída, planeó hacia la lona apoyándose en rodillas y codos, intentó levantarse, pero en sus ojos había una confusión infinita, estaban desorbitados por el estupor, sin volver a enfocar la realidad. Se aferró a las cuerdas, volvió a caer boca abajo, se rindió. El réferi contó mientras estaba tirado, ya derrotado.

Cuando Leandro y Adelita entraron a los vestidores, Toribio tenía la mano izquierda sumergida en una cubeta llena de hielo. Adelita, incapaz de desviar la mirada de la cara devastada del joven boxeador, tragó saliva varias veces, hizo un esfuerzo por sonreír y dijo:

—Está bien, felicidades, ganaste, pero olvídate de volver a verme en este gentío… Dios mío, ¿no hay un doctor? Mira qué ojo… que te lo curen, y pronto.

—No te preocupes —replicó Toribio, con un tono calmado y afectuoso—, en un par de días se me quita. Hay que acostumbrarse a la cara de un boxeador después de una pelea.

—Cuando tengas esposa —espetó Adelita— dile que si no logra acostumbrarse puede venirse a mi casa… *ese* par de días.

Rieron los tres, a pesar de que los labios de Toribio no permitían una expresión propiamente sonriente.

En ese momento entró Pancho Vallejo. Se plantó frente a la puerta, la cerró para dejar afuera a un puñado de periodistas y admiradores y miró a los ojos a Toribio durante largo rato. Luego dio un paso hacia adelante, extendiendo la mano. Toribio estiró la derecha, todavía vendada.

—*Señor** Alvarado —exclamó el entrenador en tono solemne—, me complace estrecharle la mano a un boxeador finalmente adulto.

Toribio asintió, y no dijo nada.

—Felicidades, Toribio. Y discúlpame, no sabía que te habías vuelto un profesional. Espero que en parte sea mérito mío… De cualquier forma, esta noche demostraste la diferencia entre agarrarte a trancazos en la calle y batirte en el cuadrilátero. Mira, Toribio… ahí afuera siempre va a estar la *calle** —y aquí la voz de Pancho pareció quebrarse—, en donde vivir, o sobrevivir, puede parecerse a una pelea de boxeo. Y muchos jóvenes vienen al gimnasio sin lograr desprenderse de la *calle**. Tarde o temprano regresan a ella, y usan sus puños para convertirse en peores delincuentes de lo que eran. Pero cuando, cada tanto, veo que los jóvenes aprenden que del sufrimiento se puede obtener algo, que con constancia y fuerza de voluntad se pueden convertir en hombres, entonces… bueno, me olvido de tantos sacrificios y mentadas de madre, y pienso que verdaderamente todo valió la pena.

Se hizo un silencio incómodo. Ninguno había oído jamás hablar a Pancho de ese modo. Toribio, después de un rato, preguntó con falsa ingenuidad:

—Sí, de acuerdo… Pero ¿yo qué tengo que ver?

Pancho Vallejo se sonrojó, balbuceó algo, espantó una mosca que volaba a su alrededor y respondió:

—Nada, tú no tienes nada que ver: eres un boxeador nato, ¿no? Estabas predestinado a ser un campeón… Escucha bien, campeón: si faltas una sola vez a los entrenamientos, olvídate de mí. Que no se te suba, esta noche ganaste, sí, pero el verdadero trabajo empieza mañana. Bueno, pasado mañana. Ahora enséñame esa mano.

Y le jaló la izquierda de la cubeta con hielo, examinándola atentamente.

Leandro y Adelita se quedaron unas semanas en el cuarto de azotea para notoria satisfacción de doña Guillermina: ella le había dicho tantas veces a Leandro que se encontrara una buena mujer mexicana con quien *compartir la vida**, ya que la soledad, según ella, vuelve áridos a los hombres y envenena la sangre. Pero el espacio era tan estrecho que la convivencia corría el riesgo de volverse una fuente de obstáculos. Decidieron buscar departamento, por ahora no les faltaba dinero, pero primero se regalarían unas merecidas vacaciones en Chiapas: se acercaba la Navidad, y Leandro propuso pasar Año Nuevo en San Cristóbal de las Casas, para después regresar unos días a Tapachula.

En esos días volvieron a ver a Pablo, el hijo de Adelita, y fueron también a uno de sus conciertos: fue una experiencia inolvidable, de la que salieron con la sensación de estar demasiado viejos para esas cosas.

La investigación periodística que encabezaba Miguel Ángel generó algunos problemas —una averiguación gubernamental, manifestaciones en frente de la embajada de los Estados Unidos, la destitución del jefe de la policía de Tijuana—, pero nada que pudiera quitarles el sueño a los directivos de la farmacéutica multinacional. Es más, compraron varios espacios en la prensa para anunciar su generosa donación en dólares con el fin de reconstruir el condominio. No se logró nada, ni siquiera cuando Miguel Ángel revivió, dándole gran realce, una noticia que inicialmente sólo había reporteado un periódico de Baja California: la muerte del doctor Acuña en un "accidente" vial ocurrido en los alrededores de Ensenada. El hecho de que se tratara del superior directo del doctor Lázaro Alvarado suscitaba comprensibles sospechas, pero las averiguaciones de la policía no llegaron a nada. El tráiler que destruyó el auto de Acuña era robado, y probablemente el ladrón perdió el control cuando escapaba. De cualquier forma el culpable había desaparecido. En realidad se trataba de un joven chicano reclutado en el Barrio Logan de San Diego, una colonia llena de gente desesperada en la que se puede contratar a un sicario a cambio de unos cuantos dólares. Pero esto no lo sabría nunca ningún periódico. La familia de Acuña ya se había mudado a Canadá, y Leandro se preguntaba por qué éste seguía en Baja California. A lo mejor estaba intentando vender sus propiedades, haciéndose ilusiones de que todo el asunto había acabado.

AÑO NUEVO DE 1994

Desde lo alto de la escalinata que conducía a una pequeña iglesia rodeada de árboles se podía apreciar el inigualable panorama de San Cristóbal de las Casas. Una extensión de tejas, de color rojo oscuro y café, en el entramado cuadrangular típico de las ciudades coloniales españolas, donde se distinguía el amarillo ocre de la catedral y el verde oliva del jardín que rodeaba el quiosco del *zócalo**. El sol descendía rápidamente tras las montañas azules, y el frío penetrante del invierno chiapaneco justificaba los innumerables hilos de humo blanco que se elevaban de las chimeneas, mientras un intenso olor a madera resinosa quemada se esparcía por la ciudad. Leandro, sentado contra el barandal del último mirador, estrechaba en sus brazos a Adelita, la espalda de ella contra el pecho de él y, vistos desde abajo, parecían un capullo multicolor gracias a los suéteres de lana que habían comprado esa misma mañana en el mercado. Leandro hablaba en voz baja, en tono uniforme, sin preguntarse si Adelita estaba realmente interesada en ese prolongado desahogo que parecía un balance de su vida. Era la primera vez que se abría así ante alguien, desenterrando las partes muertas de su pasado, tal vez con la intención inconsciente de entender lo que estaba haciendo ahí, y por qué nada de lo que había hecho

231

hasta entonces le satisfacía. Adelita escuchaba, y no sentía la necesidad de confirmarle que valía la pena decir todo lo que estaba diciendo.

—Hay una absurda sensación de omnipotencia cuando estás detrás de una videocámara. Ves todo a través de ella, la realidad se despliega en encuadres, te acostumbras a pensar en sus propios parámetros electrónicos, te fijas siempre en el contraluz, de dónde llega la iluminación, con qué ángulo, te acostumbras a darle una importancia completamente diferente a las cosas cuando las toca la luz, o las resalta con un reflejo... Las horas que uno pasa filmando tienen una intensidad diferente. Y cuando te detienes, en la noche o en la mañana, sientes que tu memoria visual está saturada, y tus ojos sufren una descompensación difícil de explicar: uno sigue viendo la realidad *verdadera*, el otro la filma. Una de las pupilas sigue dilatada, la otra no. Tal vez de ahí deriva la vaga sensación de esquizofrenia que te acompaña siempre, incluso cuando te obligas a dejar la videocámara en casa... Decían que yo tenía "buena mano". Porque sabía sacarle el mejor provecho a la cámara en mano, era un buen operador de imágenes fluidas, lograba transformar mi cuerpo en un tripié móvil... La videocámara se vuelve tu compañera, después de tantos años tiendes a humanizarla... *Ella* pesa, te lastima, te marca el hombro con un eterno moretón azulado, y otro en la pierna, donde golpea cuando la llevas ahí... Pero al final se crea una simbiosis, y entonces sabes que *ella* es delicada, tiene una mente y un corazón, y no le gustan los cambios bruscos de temperatura, si vas del frío al calor se empaña y se vuelve loca, la humedad la puede herir mortalmente, y así vives en el continuo terror de que le pase algo, porque al final es *ella* la que te permite llevar todo a casa… Existe ese momento mágico en el cual se enlazan un encuadre tras otro, y te mueves como en trance, no oyes nada ni a nadie, y sigues adelante, filmas, filmas, y si están disparando, es ése el motivo por el cual mueren tantos operadores: están ahí pero no están. Entre tú y los que están combatiendo se crea un filtro, y no te das cuenta de que las balas no respetan ese filtro… Pero para sobrevivir, visto lo que filmaba en las zonas de guerra, tenía que hacer otra cosa, o sea, estar a disposición de los noticieros y estar listo para salir corriendo de casa a la primera llamada. Los servicios periodísticos funcionan así: pasó tal cosa, te llaman, te apresuras en llegar a la cita con el enviado, y éste te dice: "Encuádrame al muerto, hazme un primer plano de la esposa que llora desesperada, me sigues y la entrevistamos…". Hasta pocos segundos antes se carcajeaba hablando de mujeres y deportes, o de la corbata que no combinaba con el saco, e inmediatamente después, mientras lo encuadras, asume esa cara afligida, y el tono se vuelve el de drama en directo. Después, en el coche de regreso escribe la nota y habla de cualquier tontería con el chofer, mientras que tú has absorbido en el cerebro la cara del muerto, la casa destrozada, los escombros del terremoto con los jirones de existencia desperdigados en el polvo, la mujer que lloraba, la mirada perdida de un niño, la sangre en el asfalto de la autopista… Y lo guardas todo aquí, dentro del cráneo, y te impregnan las entrañas, y tarde o temprano la pagas… No se puede tener un mínimo de conciencia y hacer todo esto sin que se excave un hoyo negro en el corazón. Nada de emociones, porque si las tienes, te amuelas. No aguanté. Me sentía un voyerista, un ladrón del dolor ajeno. Así que le di una patada a la carrera que muchos me envidiaban.

Leandro guardó silencio por unos instantes. Miró fijamente los cabellos de Adelita. Cerró los ojos y se perdió en su perfume de almendras dulces. Ella suspiró, se volteó para mirarlo, y murmuró:

—¿Por qué te quedaste aquí? ¿Por qué precisamente en México?

Leandro conocía la respuesta, pero sabía que era imposible darle forma, encontrar las palabras y acomodarlas del modo adecuado. Así, respondió simplemente:

—Porque me obligó a vivir.

Adelita hizo un gesto vago, una expresión en la que se mezclaban la amargura y la ironía.

—En cambio, a muchos de los que nacimos aquí, México nos obliga a *sobrevivir*. Y muchas veces, a morir.

Leandro asintió, sin poder añadir nada.

—Sin embargo —continuó Adelita—, a pesar de todo no estamos dispuestos a despreciarlo. Al contrario, lo amamos. Aunque sea despiadado y cruel, lo amamos como a una criatura frágil, que nosotros mismos destruimos y reconstruimos a cada instante. No sabría decirte por qué, Leandro, los mexicanos amamos tanto a nuestro país, aun cuando nos trata como esclavos y nos humilla. Sin embargo, me gustaría entender por qué tú, un extranjero, te has enamorado de él… Qué te ha dado, y qué esperas de México…

Leandro estrechó más fuerte a Adelita entre sus brazos, sintió que también ella tenía escalofríos por una ráfaga de viento helado que bajaba de las montañas azules, y abrió la boca un par de veces intentando empezar un discurso. Ella se lo impidió: lo besó, transmitiéndole calor a todo el cuerpo. Acercándole los labios al oído, susurró:

—Hay tiempo, *mi amor*[*]. No tienes que decirme todo ahora.

Regresaron a pie al hotel. Leandro estaba convencido de que ningún otro lugar en el mundo le habría gustado más que San Cristóbal de las Casas. No tenía nada de grandioso, ni majestuoso, o extraordinario. Todo se presentaba sosegado, leve, impalpable. Leandro creía que en aquella ciudad había una armonía única; sin embargo, sabía que la suya era una sensación contradictoria: la historia de San Cristóbal y de Chiapas está hecha de sangre y lágrimas, de sufrimiento espantoso e injusticias intolerables. Una tierra de contrastes extremos, donde el ser humano ha sabido elevarse y al mismo tiempo se ha manchado con crímenes horrendos, donde se concentran una enorme riqueza y la más insultante pobreza. Una vez, en Tapachula, Adelita le había dicho que sin conocer Chiapas a fondo es inútil intentar comprender México. Entonces ¿por qué, se preguntaba, la ciudad emanaba aquella armónica belleza? Tal vez eran simplemente sus ojos de extranjero que la veían así. Quién sabe cómo la veían en cambio los indígenas que cada mañana al amanecer venían a vender sus artesanías, y en la noche regresaban a sus jacales en las afueras o en la montaña, encarando la oscuridad agotados y frustrados… La dignidad impresa en esos rostros, la inamovible dignidad de los pueblos indígenas, impresionaba a Leandro y lo dejaba sin respuestas frente al zumbido de preguntas que le agolpaban la mente.

Adelita se detuvo a negociar con una mujer indígena, que vendía, entre otras cosas, una pequeña lechuza tallada en madera. Leandro se quedó asombrado escuchándola hablar en su lengua.

—Es tzeltal. Lo aprendí con mi abuela, ella no era de Tapachula, venía de los Altos de Chiapas, una de las migraciones forzadas por los latifundistas… Un día te contaré su historia —Adelita le mostró la lechuza de madera oscura—. ¿Te gusta? Es de buena suerte.

Leandro se echó a reír.

—Qué raro, donde yo nací es exactamente lo contrario.

—¿Ves? Vale la pena viajar. Aunque sólo sea porque lo que en un lugar es de mal agüero, en otro es de buena suerte.

Siguieron caminando en el centro plagado de turistas e iluminado por las luces navideñas. Era la última noche del año, y San Cristóbal se preparaba a pasarla sin demasiado clamor, con tranquilidad interrumpida por el estruendo de fuegos artificiales y cohetes.

De repente, Adelita sacudió la cabeza y dijo:

—Es raro.

—¿Qué pasa?

—¿No lo sientes tú también?… No sé, es como si hubiera una tensión en el aire, una… No sé.

Leandro se encogió de hombros.

—Quizás están hartos de tanto turista borracho y escandaloso, tal vez les gustaría festejar el año nuevo de otro modo.

—No es eso, es otra cosa —dijo Adelita, mirando el cielo estrellado más allá de los bajos tejados—. Los extranjeros y los comerciantes o, en todo caso, los habitantes que viven del turismo y ganan bien tienen la misma cara de siempre. Pero los demás… me refiero a los indígenas, y también a algunos otros que noté de paso… parecen tener una expresión de espera. Como si esperaran algo que debe suceder.

De hecho, ya antes de que sonaran las doce, en las calles y en los locales sólo quedaban extranjeros y *coletos**, como les gusta que les digan a los habitantes ricos y blancos de San Cristóbal, con una vena de racismo más o menos manifiesta. *Casi* blancos. Porque los *conquistadores** llegaron ahí sin mujeres consigo; hubo, entonces, una antepasada indígena a quien se debe el

236

inicio de toda estirpe. Los descendientes de las violaciones de guerra que desprecian y rechazan la mejor parte de su propia sangre, la de las víctimas y reivindican aquélla de los agresores.

Adelita y Leandro no estaban muy interesados en festejar el Año Nuevo. Estaban bien sólo ellos dos, por lo menos en ese momento, y no buscaban compañía. A medianoche ya estaban en el cuarto: brindaron con Jimador e hicieron el amor hasta quedarse dormidos. Pero Leandro, un par de horas después, estaba completamente despierto. Escuchaba los ruidos ahogados de la noche que estaba muriendo, y esperaba entrever las primeras luces del amanecer más allá de las ventanas. De repente oyó unos ruidos sordos. Venían del centro, quizá del *zócalo**. En ese momento percibió que algo estaba pasando, la tensión ahora la sentía él también. Besó a Adelita en los labios. Ella entrecerró los ojos, luego lo abrazó.

—¿Quieres salir?

Con un gesto Adelita le indicó que no. Murmuró:

—Ve tú. Aquí te espero…

—¿Segura?

Ella asintió, dándose la vuelta y tapándose con las pesadas cobijas: hacía frío y a esa hora la chimenea ya estaba apagada desde hacía rato. Leandro se vistió en silencio, agarró la mochila con la videocámara y salió, tras besar a Adelita en la frente. Ella gimió estirándose, distendiendo el rostro ceñudo en una cálida sonrisa.

La niebla envolvía San Cristóbal con un velo denso y lechoso. Los faroles horadaban sólo los pocos metros a su alrededor, sin alcanzar a iluminar las calles. Leandro, tiritando, apretó el paso. Pero cambió de dirección cuando escuchó un vocerío en dirección opuesta al centro histórico. Cuando llegó al final de la calle Ortiz de Domínguez, entrevió unas siluetas que brotaban de la niebla, menos espesa en ese punto. Eran de estatura baja, llevaban chamarras vagamente militares, el rostro cubierto por un pasamontañas y… fusiles en las manos y bandoleras cruzadas. Una de las siluetas parecía dar órdenes a las demás que, disciplinadas, iban tomando posición en grupos de cuatro o cinco. Se acercó, con la inconsciencia de siempre. De cerca se dio cuenta de que se trataba de una mujer: aunque sólo se le vieran los ojos y la vestimenta de combate la hiciera parecer igual a los otros, la delataban los senos, que no se dejaban aplastar por la chamarra y los cargadores. La guerrillera, o lo que fuera, se volteó y fue hacía él.

—*Hermano** extranjero, mejor que te regresas a tu hotel —también la voz era inconfundiblemente femenina, en contraste con la vestimenta y el amenazador M16 que tenía entre los brazos.

—¿Qué está pasando? —fue lo único que Leandro logró preguntarle en ese momento.

—Tomamos San Cristóbal. Pero no te preocupes, no queremos hacerles ningún mal.

Las sombras se multiplicaban alrededor. Leandro, con la expresión desorientada de alguien que no logra entender la realidad que lo rodea, no se movía.

—¿De dónde vienen?

—De la selva. Somos los muertos de siempre, que venimos pa' morir una vez más. ¿Y tú? ¿Vienes de lejos?

Leandro asintió:

—Soy italiano.

La miliciana pareció sonreír; aunque tenía el rostro cubierto por el pasamontañas, sus ojos rasgados, oscuros y brillantes, resplandecieron al entrecerrarse.

—Pues bienvenido a Chiapas, *hermano** italiano. Y ahora vete, en el centro vas estar más seguro. Cuando lleguen los soldados de Tuxtla Gutiérrez, a fuerzas van tomar esta calle. Vete, y… que te va bien.

Leandro, con una inexplicable euforia, dijo sin pensar:

—Feliz año nuevo, sombra de la niebla.

La sombra dobló ligeramente la cabeza hacia un lado, como pensando, y luego contestó:

—¿Feliz? Difícil… Seguramente distinto. Feliz 1994 pa' ti también, *hermano**.

Al amanecer, la niebla se disipó. La plaza estaba llena de hombres y mujeres menudos, vestidos de lo que vagamente parecían uniformes color café, la mayoría armados con viejos rifles o con simples machetes; y mientras algunos deambulaban con aire tranquilo, como si su invasión fuera un acontecimiento normal o en todo caso inevitable, otros dormitaban sentados bajo los portales, en las escaleras y debajo de los árboles. El portón del municipio había sido derribado: Leandro recordó los golpes que había escuchado desde el cuarto. En el balcón, un grupo de rebeldes había desplegado la bandera con el águila y la serpiente. En el brazo llevaban una cinta roja y negra con las siglas EZLN. Los que no tenían pasamontañas llevaban un *paliacate** rojo en la cara. El único que no parecía indígena, por su estatura y el poco rostro que se podía ver a través de la abertura de los ojos, hablaba por un radio dando instrucciones. Leandro se acercó a uno de los rebeldes, mejor armado que otros, y le preguntó:

—¿Cuánto tiempo piensan quedarse en San Cristóbal?

El indígena lo miró a los ojos: los suyos estaban rojos y cansados, indicio de una noche insomne. Con voz débil pero firme dijo:

—Hasta que se pueda. Un día o una vida entera, qué más da. Por lo menos pa' nosotros.

Leandro sacó la videocámara de la mochila. No tuvo el valor de encenderla enseguida, pero era bueno empezar a mostrarla.

—¿Eres turista?

—No, trabajo para la televisión. Bueno… algo así.

—Bueno. Pos entonces… enséñale a todos lo que está pasando.

—¿Puedo preguntarte algo más?

El indígena armado asintió con un ademán lento y solemne.

—¿Qué van a hacer mañana? Quiero decir… al ejército no le tomará mucho tiempo organizarse.

El indígena habló con tranquilidad, midiendo las palabras en español, idioma que no dominaba del todo.

—*Hermano**, si te andas preguntando qué va pasar mañana, hoy vas seguir sin hacer nada. No'stamos aquí pa' dar respuestas, más bien pa' hacer preguntas. Y mañana… pa' mañana tenemos demasiado corazón pa' no creer que, en alguna parte, hay un mañana también pa' nosotros. ¿Entiendes qué quiero decir?

Leandro hizo un ademán, vagamente afirmativo.

Miró alrededor. Eran muchos. Muchísimos. Y habían invadido todo San Cristóbal, desde las afueras hasta el centro. Los pocos extranjeros que se habían quedado en casas o en hoteles a festejar hasta tarde, caminaban por las calles trastornados, estupefactos, mirando a los rebeldes como si fueran marcianos. Un señor bien vestido pero visiblemente un poco ebrio, uno de los pocos lugareños todavía en la calle a esa hora, balbuceaba con los ojos desorbitados, moviendo la cabeza, aterrado. Luego se echó a correr torpemente, alcanzó un portón atrancado, se puso a golpearlo con los puños y los pies y gritó: "¡Ya viene la indiada! ¡Ya viene la indiada!**". El miedo ancestral de los ricos *ladinos** se hacía realidad: la indiada estaba a la puerta de casa.

Leandro pensó que quería llamar al hotel. Pero quizá, dadas las circunstancias, era mejor que Adelita se quedara a resguardo. Por más amables que parecieran, pronto el ejército iba a reaccionar. Y entonces, con todas esas armas…

Metió la mano en la correa de la videocámara. Se la llevó al ojo. Encuadró el zócalo. Sintió una palpitación en el pecho. Se dio cuenta de que aquel hombre con el pasamontañas negro, el único que no parecía ser indígena, lo estaba mirando fijamente. Empezó a caminar, y…

Ponle rec y vamos.

GRACIAS…

… a Paolo Santolini, que todos los días usa la videocámara preguntándose cómo no hacerles daño a los demás. Algunas frases del protagonista de esta historia en realidad son de Paolo, quien me las "prestó", además de haberme procurado todas las ideas y la información útiles para darle voz al personaje.

Y a Giuseppe Ghinami, quien ejerce el mismo oficio con igual sensibilidad.

… a Karina Avilés, corresponsal de *La Jornada,* por los valientes reportajes sobre los niños de la calle en la Ciudad de México y sobre el tráfico de recién nacidos en Guatemala, de los cuales tomé los datos para los capítulos que les conciernen; a Rosa Rojas y a Miguel Ángel Velázquez (quien se reconocerá en las últimas páginas) y a toda la redacción de *La Jornada* por poner a mi disposición los materiales con la generosidad y la amabilidad de siempre.

… a Fabio Manferrari, médico, profundo conocedor de los problemas relacionados con la disposición de los residuos radiactivos, por haberme guiado en el laberinto de una realidad escalofriante.

… a Eduardo Galeano y Noam Chomsky, autores de los libros de los cuales tomé la información necesaria para construir el personaje de Bart Croce.

… a Claudio Stefani, buzo experto, quien me sugirió, sin saberlo, el modo de eliminar al despreciable *Triple Hache**.

… a Paloma, Marina y Paco Taibo II, por aquella velada de hace algunos años, en su casa en la Ciudad de México, cuando escuché hablar por primera vez de los "condominios radiactivos". Porque la trama de esta novela está basada en hechos reales, aunque los personajes son inventados.

Y es sólo uno de los muchos crímenes que México está sufriendo por parte de los poderosos de la Tierra.

ÍNDICE